その他の廃墟

山内聖一郎

廃墟を見たいというひとのために編んだのではない。

その他の廃墟

Ⅰ　暗渠　その昏《くら》さ

月　統　10
黄泉の傘《からかさ》　14
水　盃　18
青海波《せいがいは》　22
川で死んだ　26
黒い踊り子　30
水の阿含《あごん》　34
儀《ぎ》　目《もく》　38
水　平　42

Ⅱ　楽園の瑕《きず》

あの日曜日　48
犬のため息　50
監　禁　54
風　イシュマエル　56
戦　犯　60
音　方　64
廃　市　68
骨あるき　70
傘をさすプラトン　74
墓　桜　78
鶏《にわとり》　82
風の明日《あした》　84
はらいそ七日　88
そんなはずはない　92
品　物　96

Ⅲ　虚ろな祠

ふたり　102
深すぎた甕《かめ》　106
法　因　110
褻《せっ》翫《がん》　114
死　虜　118
問えば髑髏　120
無人刑　124
別の人格《ペルソナリテ》　128
その他の廃墟（1）　132
その他の廃墟（2）　136
擬　物　140

Ⅳ　地獄抄

蝉　国　146
独《ひと》雨《あめ》　150
真理と実在　154
6　時　156
セイレーン　160
死　園　162
老犬譚　166
死　晴　170
異形紀　174
樺太紀　178
沈むデスノス　182

V　路の涯《は》てるところ

たれと　196
春日井さん　200
外延の骨　204
帰郷　208
ジロー　212
夏の葉書　214
裏問　218
頭《づ》脈《みゃく》　222
動物公園　226
海を考えるように　230
御《ご》供《くう》　234
滅霖　236
言《こと》霊矢《や》　240
そのわけ　244
盲空　246
夜《やい》刃《ば》　250
マハトマ　254
鏡と広場　256
自画像　260

VI　ruin of a fire

爆　音（スラヴ） 266
肉体の左翼 270
和《なご》し 274
黒き軍《ぐん》 278
下駄箱 282
シャワー室 284
焚　祀 288
木箱の骸《むくろ》 294

VII　此岸から

輪《わ》斬《ぎ》りの朝 300
人　払 304
夏の収容 308
雨 312
縷々《るる》よ 314
不自然 318
塹《ざん》羞《しゅう》 322
定義と希望 326
太陽　切り離された首よ 330
沈む海 332
自死が 334

あとがき 338
索引 355

Ⅰ　暗渠　その昏《くら》さ

月　統

刑の執行猶予を得て白い車で
　法廷を抜け出したあの男は
　　必ずまた私の居場所をつきとめて
鬼の眼つきでやって来るだろう
霧の出た日の夕刻、白い月が昇る頃

白い雲ひとつ湧かぬ、まつ青な空
突き抜けたような淋しさだ
　雨にでも降られて地に俯《うつぶ》すように
死にたい
　麗らかな陽が敵のように背筋を照らす
憎い、此の世が憎い、人の世を呪い
平安を疎《うと》んじて片輪のような
　出来損ないが死にたいのだ

闇に追いかけられる私か
私が進む闇を追つているのか
いずれにせよ己の心が望む
結果でなかつた、ふりかかる
災厄に怯えて屈《かが》みこむ、その場所が
私の闇・・・走り出たのは
鬼のような犬だつた

角《つの》が生えて、しかし牛にしては小さい
小さい、鬼だつた。椀々《わんわん》と吠えて優しさを
私の心に捨てて消え去つた
捨てたのだ、人の形をした鬼が

犬が淋しかつたのを知るか？
男に捨てられひとりぼつちの犬を
知つているか？　おまえの

流れ去つた川面に詩の言葉ひとつも
浮かず、ただ
沈黙と月と星が、夜を流れただけ
　川辺には悲しく思う男がひとり

霧が出た夕刻
　また訳も知らず私が駆け出す
　ひとり、白道《はくどう》を往く月を追い
そのとき、霧の統合は行《おこな》われる
暗い部屋よりもなほ暗い　やみで
川辺にはただ悲しい男と私がひとりで
・・・執行される。

黄泉の傘《からかさ》

いつまでそうしていようと雲は暗い
雨宵の刻に夜道は闇を纏《まと》っている
　力尽くで美を踏み躙《にじ》りたい
他人《ひと》の心に斬りつけたい、そんな
敵を想い描くことで生きる勇気を得た者は
つまり自分の心の宵闇に酔って生きてきたのだ
どんな夜も
　暗い八階の渡り廊下に継がっていた

ハロウィーンの日、粘土《ねばつち》で作った山羊が
重い老婆ふたりを産んで
　山脈の短い晴れ間、ふと鈍い憂鬱を叫んでみたが
返す返事はなかった、結果は
老婆ふたりに毛を刈られ、丸裸の生け贄

焼かれて喰われた
他人事《ひとごと》を耳にした山羊の命運など
申命記では、そんなところだ

　　　　せめてもみずからの病躯を
　　　身の行列をふり払え
　　生き死に、つまりが
　脳味噌の明け渡しを終えて
高風と圧政の瞼が閉じるとあとは
うす暗がりの闇に、渡り廊下から風と
一ダースもの老婆たちが湧き出てくる
ハロウィーンの週末、羊は身支度する
悪魔を装う勇気など持たぬほうが良い

切羽詰まつたら助けだしてやるなどと
誰が約束した？
神の羊など此の世に見た者はいない

いずれにせよ四つ足がのさばる
あの世、此の世なのだ
　行商人たちは唐傘を担ぎ
　　忙しく四つ足を絡めあつて先を急いでいた

水　盃

放射線治療の極寒を眠り、のち
架車に跨がる点滴袋が
ちらちらと朝の陽に光っている
曳《ひ》きずる、架車を、曳きずる極寒を
円管服に肉体をとおしながら
　とりかえしのつかぬことをいま生きているのだ
　　生きるほかにもう手がなかったのだ
　　　死ぬという一手が封じられては。

　セロニアス・モンクは本源へ歓喜がない
ないという苦しみだけをリズみながら
視つづける水底には
何度聴いても聞こえない音があって
酌《く》んでは呑ます、繰返す、みづさかづきが

いつまでも仕舞えぬ
逆止できず覆水は二度と盃《さかずき》にかえらず
どこまで、にも聴きつづける、聞こえぬから、まだ

どうせいずれは閉じられたもの
いらないと言われ、拉《ひし》げた獣《けもの》
売るわいな、売るわいな、おのれを
おのれをここで、売り飛ばつしゃる
敷石の下に積もりつもつた
呼び止めねばならぬ、排他的な生類《しょうるい》
苦しむものは苦しみ尽くす
苦しまぬものは、苦しみを知らずに生涯を
終えるのにな。

こうするのかい、あゝするのかい？
いいやどうせが
善なる自由がもはや後ずさりする日向《ひなた》。

灰色の塀に囲まれた遠くて高い世界では
重犯な秘匿《ひとく》者があらかじめ
頭のなかに併記してきた
片寄つた正義、いまは眠つているからよいが

もつと異常な索漠に荒涼として
面会時間終了を告げるテープの
声の女が、また纏《まと》まつて苦明《くみょう》をのべる
　夜の奥にもう閉じた院内で
　　小便まだかい？　と盃《さかずき》。

青《せい》海《がい》波《は》

暗源に近づき乳首寒く、そり返つてくる
剃つた腋毛が今、生えてくる気がする
舌に舐められた半身の野生
目標に対する道程の直限性、つまりが
目的への直線期限こそ
　要望に向けた躯体的回答
全要求の損失の機会を行進《パレード》するのだ

しかしこの目標は、それら全存在が
望んだ「未来」と無関係だ
行進は照会性を問い続けるものではなく
諦念により継続されるもので
疑義と質問には依らず
切断と断言をのみ使う匍匐《ほふく》であるだけ

域外《いきがい》へと延びる草波の乱れは皆無である
案外《あんがい》へ出るための昼は
それが運命であつたにせよ、ちらほら
刃面《はおもて》が裏返つて全焼した

陰唇と敢えて「書かれた」もののために
その時代の狡智に返す必要が生じる
どの限界においても生物を欺く位置に
立ち得る意味
学び得る能事に依りかかる意味の再逆転
つまりは「発見」が決して捉《とら》え得ない
あらゆる釣瓶《つるべ》が墜ちていつた深海と
空想の非を覆う青海波《せいがいは》　纏《まと》う老鬼

墜ちてゆくものを嗤いながら音《かげ》は
それでも薄氷を踏んでゆく

何の恐怖もない
山嶺の空を渡り、吹き舞う狂気
焼け爛《ただ》れる執念に乳房を切られ
天形《てんげい》の明日、桜雨に野晒しか
知れぬ

川で死んだ

河川事務所は打刻した
橋の袂《たもと》に「一級河川」と・・・
毛の生えた　夜が
どぅどぅどぅ・・・と流れる川だから
一級なのだ
言葉など、もう何処にもなく
ただ、河原には
しゃれこうべが飛び交い
無数の冷たい蛍が落ちていた

ざあぁあ・・・といつも雨が
降るように流れた
身を何かに食べられて
頭だけになつた犬を拾つた

夜、ひそかに橋桁の間から
川へ放尿した女児は
六歳で夜、井戸に落ちて
見つからず死んだ

狂つたように梅酒を
飲み干し
川のそばで
私がいなくなつたその家は
ある夜、ひとに放火されて
焼け落ちた

ジローという、首を喪くした犬を抱いて
父と母の顔がふたつ
ひょおぉお・・と
立つていた　その夜

丑三《うしみ》つの川瀬に雨合羽すがたで
小さすぎる肥後守《ひごのかみ》と
細い指と
顎に跳ねた血を入念に男は洗いつづける
　　いつも雨の音がざあぁあ・・・と
　流れていた
蛍など拾わぬ男である

黒い踊り子

黒い踊り子を吹き飛ばしてやれ
　女たちは大きな不遇をあてがう方が
　　丈《たけ》に似合つている
陽だまりに群れて幻想を追うより
　不幸に躙《にじ》り寄つて盃を交わす方が
　　幸福なのだ

音のする方へ、光の来る方へ歩いてゆく者たち
　そこに何の苦渋が蹲るかも知らず
　　ただ蒼白な盲目に近づいてゆく者たちよ
神は塩の国から出ては来られない
　永遠に閉じた王国を支配するのみ
　　不幸な振り子を赦しておられる

多くの旅人が冬の夜を越えたように
　石の転げ落ちる幻影ももはや
　　神の領域のそとにある
何を踏み抜いたがために
仮説を取り残して真と為したか
　外側の重量を支えきれずに
外延を切り落とした不実には
暗い眼玉の話が付き纏《まと》つた

アラベスクの姿勢のまま黒い踊り子よ
　　後ろ足を少しずつ消してゆけ
　闇に脚韻を呑まれるようにして
　　　冬の海に消えるピエロ
あと何年生きたいだろう、私は・・・。

昼間まつたく消え失せていた
あの酸つぱい匂いを、夜

完全に思い出して嗅ぎ分けるのだ
　故郷にあるあの風景の老いた匂いを
　鼻腔から存分に吸い込み
はらわたを一気に吐き出せ、何を
踏み抜いたのか、おまえは本当は知つている

水の阿含《あごん》

雲が音を立てて流れ逝くとも
　雨は水の言葉を落としてゆく
エイブラハム、美しいのか何かがそれで
　夜道にどうせ日は暮れぬから
夜は暮れつづけて涯てがないのか

マリアナ海溝の底から突き出し
　海面を出て空の涯てまで突き破つても
まだ尽きぬ
　涯てしもなき頑業な憎悪を
私は永く握り締めている
　風は異邦の地を巡らねばならず
人の喉を流れる音を
　聞く耳は捨てた

水の言葉よ

脳髄に増え続ける父よ
　病んでひるむ記憶よ
黒い部屋の底で眼を閉じ
ただ夕暮れを待ち続ける彼に
　必ず届く筈のものといえば
暮れるというただそれのみだから

貧しかつたから私たちは許しあう
父の背骨のような金を捨てたくて
　身体を魚に与えた
海が永遠にこのまま祈られる筈はない
　人に捨てる身体がある由もない
だから天が海を滅ぼすとき
　海とともにこの星もない
地も海もない、 天のみとなつた神夜に

昼を失う王よ

早く死ねれば良かつたのだ
一日が明けて
一日が暮れる、ただ
それだけを耐えつづける自分の
阿含《あごん》は未だ戦後に、
着水できない

儀《ぎ》目《もく》

　買い忘れた、また
　灯油一缶の尽きた海、何をして
何ゆえにここまでしておれは、
死ぬことが出来なかつたか
　本当の機関車の汽笛を
　冬の真夜中に聴いたことがあるか
無限の雪期がうち続く最中《さなか》を
今度ばかりは神の兵士も
天使も黙つてはいなかつた
　雪ではなく二度と明けぬ夜
生きたまま人間に火を点《つ》けよと
　苦しむより焼かれて終わる災厄だ
自殺だつたと、私を口説く漁労長よ！

なら訊《き》くが、ひとに永遠という
　何ひとつも動かぬ真空をだよ
　判断し練磨しそれを持続する知性
　などがあるとしてだが、そいつは
精神という哲学には
何してくれるんかね？
どうして口を閉ざすのかね

友引く死には洗われたくない
雨降る夜の一室に他人《ひと》と居たくはない
厚く幾重にも巻かれた綳帯の下に
あの海鳴りが熟して腐爛《くさ》つている
　ひとのいのちを早く終わらせようと
秒針は、気短かな古時計は早くはやく
廻ろうとする
僅かな木漏れ陽の欠片《かけら》さえも

この眼に映しとりたい
任意の外力による変位は廻る偏微分で
振り放たれる
　時計の刻む音は聴けても
廻りつづける針の行方を盲人は
取り違える
もとの位置にひと廻りして帰るものと
ひとのいのちの繋がる音だと思い込む
が、海鳴りは雨の下でも叩きつけて
　砕けている、終わるいのちに
　　　雨音の向こうで

　　　　　　　　　　　　　　　　　　　　　　　　　*

　狐が毬《まり》を撞《つ》く月夜
地獄から銀の儀目が眼を瞠《みは》る
俎板《まないた》の上から転げ落ちた、海鳴りのお土産
ひとの世と別れ芒《すすき》の穂中《ほなか》に別れてゆく
　ひととは二度と暮らすな

ひとの地獄は狐には重すぎる
月夜には毬を撞け
ひとはそれを聴き、銀の幸福を数える

＊「任意の〜放たれる」カスチリアーノの第一定理　より

水平

あともう数日となつたのに、いつも
私の右肩、少し後ろから覗きこむ
顔のない黒髪の女・・・
　和紙のように白い裃《かみしも》姿で

風呂場で髪を洗い流そうと、眼を閉じるとき
　裃の女が後ろに坐るのが
一瞬、鏡に映る
洗い流すあいだ、眼を閉じていてもそれは
いる、確かに私の右後ろにいる
　髪を流し終えて
眼を開ける一瞬だけ、またそれは映る

自分が産んだ乳児を五人、殺して

庭に埋める、この繰返しに女は九年かけた
白骨化して、性別は不明・・・
今頃「性」など要らない
名前も声も要らなかつた五人は
空中の水平を憎んでいる

土流人《どるん》のうたう唄など知らぬ
何処へも届かぬ祈りなど
女のうしろから血糊と馴染むようなもの
吐き気まじりの咳が止まらぬ

そらにはもう、青と雲のほかには何も無い
全てを回収したつもりでも
遥かな宇宙船にとり残された数人は
この地上が滅びる日
空間になにが放たれるか視る者となる

太陽が貼りついた夕暮の
海面に放たれた矢の行方を
水が追つてゆく
　塩のない街で暮らす亡者が
　　放つた矢は水に追いつかれて沈み
　　　矢羽根を閉じる
　水平にそれを閉じる
水中の女の　水平を憎んでゆく

Ⅱ

楽園の瑕《きず》

あの日曜日

風が強く吹いていた金曜日
　市況は良くない、円高にぶれ始めていた
陰気すぎた相場師は・・・それだけで
　投げた、いのちを、だ。　冬の風は
強い、吹き飛ばされたいのちは軽い
　翌朝早く、人影もない兜町のアスファルト
ペタリと舞い落ちた

　どんな事情がどんな言葉で
路上で踏みつけにされたか
蠕動《ぜんどう》するシュプレヒコールが
どのような歴史の、何を脅したか
大衆という呪いはうら寒く薄つぺらい、ほら
　風にまたも飛ばされてゆく

恨みの莚旗《むしろばた》が一枚、泥まみれで

夕闇を一晩中、逐《お》い廻した土曜日
ついに明け方、狩り殺した
「暗い日曜日」を唄うダミアは
八階のベランダで遇《あ》つた黒いひとを
最期まで怖れていた

そうだ、思い出した。あの晩に
死んだ母が久しぶりに懐かしい
あの声で電話をくれたのだつた

犬のため息

朝の静謐な空気
窓辺に寝込んだ犬のため息が聞こえた
咳ひとつできない、止まつた時間の
まるで写真のような絶望

泥海のような悪夢に首まで浸かり
死に損なう真昼
私の腐つた屍骸は横倒《よこたわ》つたままで
死ぬ夢をばかり見ている
狂つている、そう、狂つていればこその夢

夕刻、現実の眼に写り込んでくる悪夢の映写
境界は消えてしまう
現実に死のうとしているのか

夢の中で死を試みるのか区別のない世界
　狂つている、そう、狂つていればこそ

そこから私は帰つてくる、何処へ
そう、帰る場所も同じ
ぐるぐる廻る内と外、何処も夢、何処も世界
幻のように現実に写り込む悪夢
　　　否、「夢に写り込む現実」
の筈だが、とふと首を起こし見廻すと
現実に、死のうとする自分を見つけて
あやうく留《と》める

なぜ留めるのか、それさえわからぬまま
犬のため息の世界へ
戻つてゆける、それが唯一生きている証しか
死ねばその世界にも戻れない

疲れ切つた現実は、くたくたの足を引摺り
頭痛の破壊音に耐えつつも、悪夢の国へ
戻ろうと足掻《あが》く

笛のような不思議なため息をまた聞きたくて
あの晴れ渡つた絶望的なため息が
悪夢にも世界にも狂わぬ
唯一の理由だから

監禁

その日までの糧をどのようにして得たか
私の窓の眺望には広大な墓苑が拡がつているが
石の海の表情からは
人間は肉体を持つたのでない
肉体が人間を持つのだ、とわかる
片手には脳髄、もう片方の手に円
なにを眼覚めさせようとして起きているのか
　深夜三時、死角であり
　細部に居座るもの、あの夜の嘘
深い暗がりに落ちるしずくを舐めて
水底《みなぞこ》の狩猟を哀れむかに
身体とは、考えない悲しみ
個別的具体を踏み止めるかに、

首なしの馬のように体の
芯を突き抜けた架刑樹・・・虐待は
個体を壊して運命を吹き荒ぶ

バケツのような脚をガラガラ引きずり
あつかましい肌合いのきみの
あの台所からガラス窓ごしに悲しい青空が見える
　もうなにもこれからは
　　されないだろうという不安

風　イシュマエル

死んだものから生きたものへの
果てもない侮蔑・・・凍りぬく魂魄《こんぱく》は
長生きできまい
　それだけのことをしたのだから
そろそろ処刑人でも呼んではどうか
くれぐれも薬で楽をしてもらつちゃ
　困るんだ
中心を閉ざした博物館の奥へみずから
入り込んで迷つてしまつた家畜同様、
　さみしく他物《ひと》を呼んではならぬ
死は、其処に見えているから、恐竜の
骨に跨《またが》つて黒煙吐息の中へ
　駆けぬけてゆけ、其処でまだ見えないもの
が、煌々《こうこう》と聞こえるだろう

火脹《ひぶく》れた耳を切り落とし
ふたつ耳朶《みみたぶ》を焼き、喰つてしまえ
また生えてくることのないように
生まれ替わることの、まさかないように
書き続けたイシュマエルへの手紙は
遠く年月《としつき》を運ばれて
うつり変るハーケンの捨音の氷に
宇宙、よりも暗いものを
宇宙の替りにあげよう

動かない風は
風と呼ばれず大気の壊れ物
花を散らしてはならぬなら
何をもつてあれほど嘔吐《えず》いたか
呪うような濡れた眼で
暗がりの底のうすら寒さのように

争点《イシュー》の中からしか思想は立ち上がらぬ、と
そんな小僧の哲学など吐いてしまえ
　叫びの朝に真紅のバラを配っていた
修道女《シスター》たちの首吊りを見たか
あの朝の風は、立ち止まっていたのだ

戦犯

たよりないポプラの木がとり囲む池に
　透徹した孤独が沈めてある
　　まつ黒な心は人の波に呑まれるより
ほんものの波に打寄せられる海が
似合つていた

中世の果実を懐かしむようにして
トランポリンの弾む振動に心は
くるくると舞い、黒く焦げていつた
　這い出る他なかつたのだ
　いのちの隙間、肉体の排斥を逃れて
耐え忍ぶしかなかつた
狂つた血統だとする指標上の解釈を

他者を誠実に交換する儀礼こそが
会話を構造化し本能に皺寄せる型押しとなる
私生活の便器を神秘に空洞化するような
馴染みのない隠喩さへも、風船のように
膨らむ抑圧感をそつと動詞化する罠
である

生活の、教養を強弁する者
ソシュールに詩《ポエジー》を指示した者、立ち止まる者
は、なべて忠実を犬にし、豚を真珠に投げる
ポプラの孤独とまつ黒な海と
トランポリンの頂上から眺めた西欧

日本国民を欺瞞し、これをして世界征服の挙に出るも
いまや各自を家庭に復帰せしめ
　ただ迅速、完全なる殲滅《せんめつ》あるのみ」と
逸《はぐ》らかされた

＊

世紀の夢に語彙を夜伽《よとぎ》な
暗い海と波をのぞむ社《やしろ》
述語を石礫《いしつぶて》のように投げる牛の誠実に
見逃されてきた錯乱・・・微温《ぬる》い過誤
はじめて私が見た罪悪の角《つの》

＊一部「ポツダム宣言」より

音方

死ねと言われ続けて
戦場には「自分」がいなくなる
「己の肌で感じるものしか信じない」
そんな想像力が垂直に封じられた未来では
　平和は必ず黒い雨になつて
　　大衆の頭上に戦歿する

　　つまり偶然とは
　予想もできぬことが
必ずおこるだろうという必然なのだ

生命でなく思考が
ただ直線を無限に行くことができれば
それができれば「類」の立証《テスティモニー》が手に入るが、
「無限」の直線など存在できない、直線が

点と点で結ばれる「有限」でしかありえぬなら

不束《ふつつか》な日暮れに出くわすものだ
恥さらしな夜がまた私を迎えに来る
狂気の沙汰も金次第とは
迎え火の火車が、もう乗り込めぬほどに
こんなに黒焦げで到着するのだ
これに乗れと？　このおれに・・・
死んで詫びる術《すべ》は自ら決める
余計な火車を地獄へ落とせ
火だるまにはおれ自身が着火する
ガソリンもおれが用意できる

耳鳴りがアルコールの脳に
サイレンのようだ、狂つてゆく自分
崩落《くずお》れてゆくおれの眠りがまるで
ちぎれて砕ける破れ鐘《われがね》のようだ

なのに、どうして静かなのだろう、この未来は
それはおまえひとりだから、さ。
黒い雨を見上げる愚か者・・・
そして失明しろ
亡き母の晩年と同じく耳だけになり
蒼穹《そら》へ昇つたものたちの
無念をのみ、その振幅《しんぷく》とせよ
聴こえたか？
聴こえたものを預言せよ

廃市

　突然は、晴れ渡る雷《いかずち》
　かく謂う古びた穴
底知れぬ不信と売春の宿無したちは
大戦の向岸に春の大砲を撃ち込んでは
蜂のように燥《はしゃ》いでいる

良い日和だ、犬の耳の萎びた朝
　春、ハル・・・毟りとつた髪の毛の束よ
　　風に翔べ、蛸のようにくねり、血と
なつて舞え、大虐殺を謝罪した軍隊
に電話してくれ、起きろよと

月光の折れ曲がる音に驚く
罪の音を隠す極道らの旅程

生めくスプレー型殺虫剤の匂う死音
反復を避けられぬ戦いを
戦つている一民族が、今もいて
その者たちの魂の無惨は夜の
気配の奥にも消えようとはしない

これは歴史の、歴史の廃市
ふり返つた者も、思い出した者も
繰り返した泪の顔を月に照らす
這い登つてくる寒む気を
払い落としているかの、虫のような人々

骨あるき

たれの声も　どの音も聞きたくない
喉を絞るように言葉を発したくない
声帯を切られた犬のように目を閉じ
寝静まつて夜を転がつていたい
　カシタンカ、きみのように
私も古く　もの淋しく愛し続ける

詩を書くのは自死に似て酷《むご》い
書かされ続けたのは生きる為ではない
これら、ことがらのみの風体に
けれど、私といふものは無いのだから
ならば、ほの暗い地下道をとぼとぼと独り
家路を倦《う》みつつ歩くこれは、何か
　遠く一千キロの涯て

風吹き巻く遠いシラス台地に
盲目の母を捨て置くというこれは
　　私でないなら何か

　　どこまで往くが劫は業であり
私の白骨は視えず
存物の在り処は地を這つて果つる

生きて、そして埋めるという難行の
果てず、東京上野の春の
花見地獄を見てあるく
「英霊たち」は牢獄に今も繋がれて、その
　　頭蓋の陥没を祈られてある
視界をつぶして夜のなかで
犬を思い出すチェーホフ、いずれも
前のめりに崩折れて「人間」をのみ
振り返つたカシタンカ

記憶は幸福でありえたろうか
　花の降る森で

そこはたれの声がどのいのちも
這って立つ鎮守の骨森《ほねもり》である

傘をさすプラトン

午後から雨だが
　わたしは死者を訳せるか
　　山のような不安やら、ただ
　喰いかけの果肉を割るように
醒めてくる正夢を暴かれるアルコールの瞼《まぶた》よ
　　　苦痛は晴れた日のみの病痛らしい

　　　午前中、陽射しは背中の骨に
　容赦なく刺さる
傘先で地を串刺して歩く
　他人《ひと》を刺したこと、あるかね？
　　バケツの底に満たぬ遺骨

あらゆる舌という舌で舐めまわした

わたしの裸体・・・ため息が
滴りおちてアンブレラ・レッスンを繰返して
屍体遺棄事件にふり返つた調理師の
細い眉毛をハッとして思い出すが
もう証言するには遅すぎる、あれから十八年

麗しき顆粒状の瘡蓋《かさぶた》を剥がして
駆け出すものだつた夕陽
はいま、狂つてしまつているし
未来の牛乳は砕け飛び散つてしまう
わたしの娘よ
調理された子供たちが湧き出るように
小皿に並ぶ、凍りついいて
乳白の夜が白痴のように林立する

赤い田んぼにはプラトンが突つ立つたまま
斜めのガードレールを月島が横切つていく

ああまでして雨を避《よ》けて
逃げてる、ということですよね
勤労を与えるカーテンが閉まる、と
黒い原子力空母の失業が訪れる、傘
深くふかく停泊する

墓桜

　酒なくば風の泣く街
白いひこうき雲が千切れていく
見上げていてどうなるものか
唸るような轟音はとうに耳を通り抜けていつた
　俺は墓場の　ど真ん中で真昼間
　酔つて煙草を吸つている

風は泪が千切れるように
記憶の裏街を飛散つてゆく、明日は
狂つた男がひとり首を吊つているやも
知れぬ。　墓地の葉桜よ、春はどうなつた
　ゆく末の見当たらぬ酒に浸り
ひこうきの音はまだ残つていないかと耳を澄ます

ひたむきに思いあがつた夏をふりかざし
何者でもないことを信じ続け
何事もなかつたかのように
死にたいと朝を仰ぎ見る
そばにいるのか、こんなときにも孤独は
私に貼りついた渇き
ひとり、またひとり消えてゆく人影に
夜の橋を渡るように別れてきた
とても暗くて長い河の話だ
汲みあげた水は遠く苦い

吊り下がる魚の干物に明日を見上げてどうなる
いつのまにか火の消えた煙草を千切つて捨てる
蚯蚓《みみず》のように切つて捨てた昔を
蜥蜴《とかげ》切りの魔人が
憎々しげに掘り返している

空からしても
唸るような叫びが墓場の真ん中に届かない
梅一本と桜一本が咲く　この墓地には
いかなるひとの水差しも　届くことはない

鶏《にわとり》

寓話の憂鬱は神の国など語らない
何処でもなく何時のことでもない
何者の権力でもない背反が大衆を
鳥の食肉のように敵に売つた

いのちを散りぢりにした、いのちを切つた
永遠に続く宇宙の冷たいカオスへと
我々も還つたのだ

余剰の翼をちぎり生物系の排他性を異化する
という名目で、情況の執拗な被験者であつた
鶏は、長く自己の他者性を育てすぎて
消滅の異議と無能の脱悲壮化には
もう出口がないことを

明らかにした

鶏が野生の典型たる品行を保とうとも
死国の具体的な滅性に匹敵できない
朝霧もたえだえに、漾《ただよ》い昇る陽に向けた
嘴《くちばし》は玉蜀黍《とうもろこし》を数粒つき刺したままで
いつか卵の神として修正さへできる位置にいれば
卵の他者性について野性が留守を衛《まも》る

内向する雛鶏《ひなどり》の自殺を見捨てる
親鶏を見習つて兄弟を看取つてのちに
鶏は静けさの高瀬舟の舳《へさき》に立つた
そこから見える川面のうねりを
感受できることを位置に、視線を修正
鶏はそして朝の死を叫んでいる

凪の明日《あした》

むかしは土間の三和土《たたき》に鉢植えの鉢を並べて
　歳月のなかの退屈な孤独を
　飼亀のうしろ姿に甲羅のように貼つて
　　七百年のような七日がすぎた

果てもない偶然の積み重ねに
　押し潰されながら、炙《あぶ》られた
蝋燭のように捩《よじ》れて
　燃え尽きてゆくのだ
今日もなぜか生きている、と呟きながら
　不思議もなく明日の約束をして消える灯《ひ》

見つめていても事物と身体の同意は
　少しも明示されない、逆に

事物と化した過去は、私が
生きてしまつた犠牲としての人生の意味
という異形の原形質であつたから
あなた方の常識から
生きるという本能を見出すためには
その灯を頭ごなし無視する他なかつた
否定を以て知を実現するため
心理はより内在化する

主体は事物を欲求する
砂漠に雨が降つて来た
革命の間隙に流れるコーランを聴き
歌のように歌ではない経文を
死ぬ本質のために思い出す

人間は風のように終わるのだ
譬え話の佛《ほとけ》が旋毛《つむじ》を切つて

張り裂けてゆく夢
ところどころ漏れる尿瓶を抱いて
厠《かわや》に走る深夜、鎌鼬《かまいたち》に遇つた
被害者づらを見送つて笑うのだ
牛の辺のあたり
屁のあたりに尻の穴は
笑うのだ

ハロー、私は革命
故郷の港に狂気を沈めた夢を
まぎれもなく二度、見てきた
明日まで保《も》つまいよ、と囁かれながら
祈られて盲《めし》いたまま、風を
明日《あした》を見ているひとがいた

はらいそ七日

忌々《いまいま》しい凮に戦《そよ》ぐ佛《ほとけ》
深夜三時きつかりに救急車が先《ま》ず喚《わめ》く
無理無体を繰りかえした器がとうとう
壊れて中身が食《は》み出したか
　運ばれていくサイレーンは憎悪の喚《わめ》く姿
　そしてこれが七夜目になる

誰もいない、誰も来ない冷たい
　夜だけが七つ転げおちて、おちているのは
　　白骨なのだが、黒闇の奥底に砕けていて視えない
窓には猫が、頸《くび》れ吊られて下がつている
年をとり身を老い晒《さら》ばえて
宙に置き棄ての屍體

「放せ！」と、さいごに祓《はら》つた女の腕の
骨の細さを、駆け込んだ路線バスで冷えびえと
思う途端に、女はバスの座席に
坐つているじゃないか

いま自分がこの口を開けているか
閉じているかが自分でもわからないので
指で己《おの》が唇にふれてみる、指が口に入る
そのとき暗黒の窓を見張るファウストが
「閉じろ！」と叫んだので
おもわず己《おの》が指を噛み切つて、バスの
床には、ぶつぶつと血が滴る

（豚は暗黒の腹癒《はらい》せを喰う肉料理）
はらいそでは何を喰うもまた許される
喰つたままの形が尻の穴から出てくる
臭い骨に、陰毛のぞよぞよ戦《そよ》ぐ裸楽園《はらいそ》で

死んでから七日、腐つた陰茎をだらり下げて
こうやつて死んでいるのが、本当に嫌だ
空から神が凝視《じっとみ》ている

そんなはずはない

「誰かを殺して死刑になりたかつた」
「誰でもよかつた」・・・もう聞きあきた
いつたいこの言葉と呻きは
何処から来てどこへ行くのか
　女の腹から産まれ
　骨と灰になつてどこへだかわからぬ
　そんな流謫《るたく》の身にうちまたがり
　頬を叩き詩歌を詠もうと
この世の宗旨がなべて滅ぶわけなく
血の滴《しずく》　垂れた十字架の下をくるくる
くるくると、走りまわる民草どもを
　まず一人、線路に突き落せ
すべての駅で乗客は数秒、立ち止まる

人身事故の放送を耳にし
いらついたチッ！という口癖と肩を尖らせ
湖の畔まで及ぼす遅延に口さがない
だつて
自分の不幸だけは信じていないから
無知という隷属は語り継がれたのだ
もつとも想い出したくない真実を
おのが墓石の下、永劫に沈めようと
空隙を埋める意味なき人語を語り継ぐ
どこまでも亡び、静まつた人造湖

夕暮が迫るがまだ陽が長い、静かな
暑い日に、ぼくは夏をこみあげて吐いた
孤独に汚れた栄養素を陽に晒したくて
いつも何も食べたくはなかつた
と、証すために

まだそこにはいる
たくさんのものがそこにいる
何も視えないこぬか雨の下にも
たとえようのない霖雨《りんう》の静けさの中にも
たくさんのものがいたのだ
　　　母の描いた無数の水彩画
細すぎた魂　　　廃線となつた
ひとけもない夜の駅に立つている母
ぼくはその駅で降りるつもりだつた

　どこへ向かつているのか
わからないのだから、今のぼくは・・・
ただぼくの前世《さきのよ》がそこへ今さらあらわれ
胡桃を呑む現世での既視感《デジャヴ》が
審級の不幸がふいに寄り集まつてきただけ
確かに視たことがある（そんなはずはない）
静寂と緊張とが何かに押されて

湖から帰る駅のホームから、ぼくは
とびこむ

品物

帰りついた日に
　血糊を塩水であらつたみなと
　　繁栄と疲労とが終りを支配する
　　　誰も生きてはいなかつた墓石の下から
「おれは剥がれおちた人面の皮」
それはとうてい人の声とは思えず
人面皮の口の穴を
風が狒々と通り抜ける慈音だつた

　　ゆくよりも深い昔
　品物のうえでもことば尻はその非定を
恥じていたのだ　泪は壊れた約束を
　　まなじりに浮かべて走り去つていく
　そんな意味よりも想いよりも

ものが地の底へ落ちてゆく響きが
唯一ふりあげた怒りに抗えるものであり
　ふりかえる海面には明刻の稲穂と
夜の水田の黙否とが落ちているから
ただ聞こえるのは風・・・かぜ
「あなたを愛してはいない」
　わたしはあなたを愛した

鉄のマンホールの下の水音をききながら
アメリカハナミズキは暗く紅葉する
　言葉以上にふるくて悲しいものをしらずに
ぼくはそんな悲しみのふところでも
塩水で手・指の股をこすりつづけている
引潮のように岸をけずる憎しみ
下がつていく岸はなをも水平を
たもとうとする
小さな子供が忘れたこどものように手をふる

角隠《つのかく》しの布、白さが裏がえる紅絹《もみ》
痩せ枯れた街路樹は
　冬の雨に少しずつ滲んで冷えていく
　朽ちた葉の裏まで水は下る
　陰府《いんぷ》までも下ろうと根まで静まつていく
もう語ることはなく、もう諦めて
やがて聞こえなくなり、ついに見えなくなる

普遍の恐怖　ちぎれた想像を
木は、初めて忘れる
　ただいちどの
　愛された品物を捨てる
木はみえない、何もきこえない
もう　かたらない
木はむかし　わたしだつたことがわからない
　けれど冷たい雨がまだ降るのがわかる

誰かがじっと自分をまだ
見つめているのもわかる

Ⅲ　虚ろな祠

ふたり

見たよね
数万の絶望は、数万のものを確実に殺した
　数万の希望もどこかにあつた筈だが
　虚体のことごとく屍体の背を流れ落ちた
還相《かんそう》は信じられたことがなく
絶望を遠ざけることが
ひとに蔑まれた

肉を焼く都に住まい、山村の親を見捨て
ひとの迷いを海へ突き落とすような
なだれ落ちる夢を噛み切つている
　陰と結んで落ちてゆく陽・・・
　　両腕の骨、両脚の骨を地の底へ
　　　引き抜く惰骨、換骨、奪胎

すべてが無音のなかで死日に終える
　　　　　　　　　　　ぬかるんだ光の
　　　　　　　　　　　ぬかるんだ海に
　　かしづいたまま沈んでいくあなたに
死はもつと遥かに迂闊なものを運んでくる
　　　猿の脳の刺身のようなわたしに
　　　　日はにんげんを尊びて下る

ぼくには丸腰のまま崩れ落ちるような
どんな不運も不幸もかつてなかつた
　誰とも語りたくない、そう頷く
　その人の生き死にが　結ばれてあつた
十四歳、きみが首をくくり
ぼくが壊れた歳だ

かじかんで固い猫の遺体を

百年の上空から見下ろしている
　廃駅に汽笛が後ずさりする
　　遥かな警笛に老女は振りかえる
　　　優しい黄色い悲鳴に驚き
　　　　凍りついて
飛込めなかつた鉄の線路を見下ろしている

ふたりのにんげんが、ふたつの記憶を
照らしあわすことなど必要ない
問い詰めあつては　いけないことだ

深すぎた甕《かめ》

最後に何を言い残したくて彼は呟いたか
もはや私にはわからない
「鐘を撞くな、もうみんな死んでいる」
古ぼけた百日紅の幹には
葉むろの閉じた蓑虫の繭が枯れて
ぶら下がつていた

何も知らず旅に出た彼を思い出すたび
濡れ衣《きぬ》の死骸が眼の前を前後左右に
ちらついて、私も頭痛に苦しんだ
「好きにすればいいいさ」同じく呻いた私の
脳髄が、古い時間を蛇の壺のように
塒《とぐろ》を巻いてのたうつていたから
耳を唸る蜂の羽音の

夏中続く暗黙のような監獄で
僕と一緒に死んでくれないか、と
たずねた彼の
水甕の深さが暗く冷えていたのを思い出す

教えてくれる人、そのひとを待つていたのだと
思います。首すじにひたりと匕首を冷やして
いのちを断つてくれる夢を待つていたのです。

履き違えた信仰のように、鎧兜《よろいかぶと》を頭から
被つて自らの覚悟を護つているつもりだつた
誰かが殺しに来るのじゃない
自分が自分を殺しに旅立つのだ
と知つたのは自分を追う旅の涯て
涯てのない砂丘から海を臨んだときに
　あっ、殺されるな、と私は思つた
いつか必ず、私は　わたしに

殺されるのだろうと・・・
一緒に死んで欲しいと、自分に願つた

法因

船のように眠り、木のように朽ちた
　何も残せないことが覚悟だつた
　　淋しいだけの人生だつたね

死を石と産まず
　ひゅう〜ぅと
　　落ちていく無限の地獄
　あれが生きるということ
駅、あっ、次の駅、その次の駅
　　焼け落ちた都の何処に
　住まうのか、たましひは

高い崖の涯てに磔《はりつ》けのまま
あの苦しみの骸は何か

いたたまれずには死なぬ覚悟か
　あさましき傷口を毒に洗い
　砂に清め、すがる魂拭は
　営むを激しく嫌う、ことばなら
　苦体のおとりにも破船にも下れ
下々の血族、風取れず間に間に
聞こえくる歌・・・死んでゆく眼よ
はつれ、倒す地上の野の仏よ

　死んで
　もう僕はいない日の朝のために
祈るように書いている
　ばばと　黒い赤ちゃん
　母に会わす顔がない
枯れた陸稲を
指さしている私を話しかけられたくない
　空腹のいざりは座敷中を這い回つて

逃げる　その畳み地がまた悲しい海の
　淵の辺となる　こうして法が下り
　　大嫌いなわたしがやつと
そうして壊れていくのなら、帆よ

ヨハネ、そして地獄、もういちど
吐くように泣いて、預言と膿みと
　泪と汗を蒔き、耕すように
　一息に落ちて行つた信仰が衰える
命が奈落へ沈んでいくような、静かな
停止　あゝ、あなたがハンマースホイか
わたしは許している

　遠ざかる木の船が見える
冬にはりんごが浮いている
秋の深いりんごの終りだつた
赤くもないのに誰からもりんごと呼ばれて

田に浮いて赤く死ぬより　ほかは無かつた

褻《せつ》翫《がん》

千年、それを待つための千年、それを待てるか
そのように問われなかつた青人草《あおひとくさ》の
幾千億人を超え、もはや数えられぬ人が
すでに死んだわけだ、終わりは
　すべてが土の穴に埋めたのでなく
　すべてが骨の灰になつたのでなく
また山上で鳥に肉儘《にくまま》啄まれたのでもなく
もう行方の知れぬものばかりだとして
　　　　　　　どうする？　さあ。

　この夢をどうか視ないようにしてくれ
　きみは見ずに済むよう祈つている
坂上《さかうえ》に「まいなす」という滑り地がある
其処で刺曳《さしひ》き

この男の産まれてきたわけがわかる
男に天から墜ちた落雷のような
意味の非源と、その抽象が見える

運命は、褻瀆《ならわし》、そう謀《たくら》んだ
友を殺し解剖した女生徒
首を吊つて死んだその父
くりかえす逆転の方位が止まるの。
早く腑分《ふわ》けせよ、と父は責付《せっつ》く
が、千年はまだまだ待てる
(サルコイドーシス、多臓器に肉芽腫の転移)

マディ・ウォーターズが唸り声をあげて
「ローリン・アンド・タンブリン」
ガリガリと支那人《しなひと》を締めあげる
健康な強度をベンベンと撥《は》ねて爪弾く
音には曳《ひ》きなく、耳は崩れる

鯨波《げいは》も起《た》たず、滅びがはじまる
褻翫《せつがん》すべからず、外延は寂《さ》びついていつた

死虜

ぼくも死ぬの？　腐つてしまつた
言葉　を書いたプラカードが見える
指先でテレビゲームをする
躰體《からだ》すべてで人生ゲームをしている
廃墟　となつた遊園地が見える

異国の窓の下、不愉快な叫び声と
わけも知れぬパレードを見送つてしまう
思想の獄中、お伽噺《とぎばなし》で初めて
冬を　見た虫のようだ
どうして生きているのか理解し難い
自分　と冬の星図《コンステレーション》
北大西洋、サルガッソー海・・・藻海とも謂うらしい

空が見えるの？　深くて暗い藻の海の底から
　封鎖された団地、八階のベランダ
幾度か跳ぼうとした眺め
もういちど、立ちたかつた空

　　突堤から祖父とその孫が落ちて
　離岸流に流されて後、死亡が確認された
それから三年も経つが
ふたつの魂が波間にまだ漾《ただよ》つている

逝つては戻りして
何処へ行つてよいかもわからない
いびつな夜に測鉛《そくえん》を下ろすように
　孫を観覧車に乗せる祖父
誰もいない廃園の底
寒い水がまだずぶぬれで流れてゆく

問えば髑髏

顛落《てんらく》する魂の空中
上空へと落ちてゆく風景
秋から雨があがり
人生の片輪が激しく地面に
叩きつけられる、何も
失くしたものはない、犬の
ように気配を消して蹲る

午後は頽廃に暴れゆく
何処までも落ちる訳ではない
大地に叩きつけられ、蝦《かえる》の
ように潰れて終わるのだ
これは雨粒のことだけでなく
ひとも暑い夏を終えて

冬ちかい秋を耐える

吠えることのない犬のように
陰茎は灰の中から直立する
物語の冬のトーテムを待つて
ふりかえつて一息遅く偶転する
文明はもう何ひとつ村人を
眠らせない

ふた組の無秩序が法主の冠を
泥に沈める、ふた組の混沌と
同じ重さがにんげんを海に戻す
炬火《たいまつ》を掲げた犬猫のふた組は
横道に逸れて黒いパレードに合流する
街角には鈴生りに人々が立ち並び
旗、振り、笛、鳴らす、奴隷のヒステリカ
月の光が深更のいのちを照らす

見世物小屋、空中ブランコのように
　いのちが落ちる

　死を怖れなくなつたとき
私は最も頽廃した
　黒く塗りつぶされる日を
心待ちするようになつただけで
死はなにごとにも白黒をつけてくれる
私の苦しみも一撃で死ぬだろう

好ましい日だ、屍骸を包む亡日の陽光よ
　晴れやかな、私のいない
最も愛される日の朝よ、其処から先が
　私に見えない幸福の日々だ
　災いのペンを握りしめた夢とともに
倒れているだろう、私だつた皮袋が

笑っている、答えてくる、迫ってくる陽光を
問えば「髑髏《どくろ》」と返す名称
スピーカーから突き出す腕の
光るように白い悲鳴
天気はまた崩れてゆくだろう
私にはもう雨が見積もれないけれど

無人刑

ひとに何を言われようと自己とは
見かけほど複雑でもない、むしろ
つるっ、とした無感情な人生を
送つてきたと思つている　ただ

笹の葉のざわつく風のなかに
眼を閉じて坐つていても
　淋しい自分だけがただ、首から
　　食箱《げばこ》を下げて門口に立つ
　　　空虚な姿が浮かぶだけだ

太陽にさへ青い水の雫が残つている
太陽は紛《まが》いもなく今朝
水平線から昇つてきて

海をふり切つて一日を巡るもの
　臨界にひとり
灘海の彼方にひとり、太陽は今朝
いくつ屍骸を落としてきたのだろう

外からの文《ふみ》、あるいは突然　其処に
　積み上がつた事実、何もかもが
沈黙に支配権を委ねることで
質量を透明に変えてゆく呪術に陥る
誰も見なかつた無人さへある

ストランゲーゼ30番地、ハンマースホイの
十一年間の表現は少しでも短い射程の
独椅子を放棄している無人
部屋という孤独を絵描く静謐　そして

　乱暴な無人もある

戦場の地図のようにもう誰もいない
　さまざまな野山、平原、道、川辺、海。

　　窓と椅子を捜して老いた息は
ひゅうひゅうと咽喉を鳴らして
鼻のチューブ管から酸素が麗らか
　傍若無人、首垢をしきりにこすり、
窓から、空を舞う絞首刑を見上げている

別の人格《ペルソナリテ》

許諾は部分的で一時的な
模倣の過程とはならず
ある構造の統合的同一として対立する
　そればかりか許諾のもとでは、区分不能な
同一の発育にも対立軸を重ねてしまう
老人がそれを見ていたと、譬えば仮定しよう

老人は特殊な、
固有の感情的他者結合を
すでに感知して永いから
人間的な処理より因襲的なテストや
記号的検閲によつて
印象を並《な》べて感知できると思いこむ
　人間の原初的な模倣は、構造の

比較でしかなかつたことを亡失している
豊かな意味の田畑《でんぱた》に植わつた限界年齢
許諾はそれのみで
構造にも発育にも対立している
対立の人格は人間の行為としては
相互の記号としてしか機能できない
ふたりが争つた状況を統合してしまつた
この許諾の構造は
生き写された時からすでに、少年の
限界反応を発した筈である
繰り返そうにも同じ生理が対立するのだ
衝迫的な洞察は幼児にも老人にも
組み立てられぬ
心理なる常に相互的な痕跡にしか

豊かな意味の苗は芽吹かない
　少年の胚種をしかし、一層の記号化が
吹き晒すのを許諾してしまつた者が
其処にはいる。

その他の廃墟（1）

これは冬の詩だ、魚と水と右足の宙吊り
古いふるい水に浸水した部屋の
数十年にもわたる絶望の底でも
いくつかの暗い内攻は必ずしも
全てが平和を憎んだわけではない
誰の夜も背後に迷宮をかくまう
不眠の血が流れている
　わたしもトマトのような
薬を不甲斐なく二錠飲んで
闇にかぶさる白い天井を睨みつづける

不具者が揺れながら降りた中二階に
水つく寝具と人肉が焦げる黒煙が
　なびき込まれる

女の髪が揺れ動く
夕陽を醸し出す退路に
切り刻まれた散り散りの肉片が
まだもがいている

背負いきれぬほどの怨嗟《えんさ》と
重い夜が立ちつくす中の帰郷
敗軍の末尾をよろける年少兵は
あるいは追いすがるような
　気味悪い靴音を聞かなかつたか
口髭を生やした靴音を

あのふたりが怯え
阿弥陀の空を仰ぎ見た遺恨が
妄念が、亜金属の風土を転げてゆく
夕陽に砕けた無数の貝殻にも
浜豌豆《はまえんどう》は亡ぶ遺恨をふたつ睨んでゆく

逝くものが絶えることのない
血を抜いた純粋な歴史という
つまり民族を除いた激しいものは
寒くて、そして何を思想したか
　にんげんは二匹で
　　陰部を汁まみれにして
　　　家屋の隅でつながつて蠕動する
朱肉の毒の婚姻をぺたぺたと番《つが》い
万代の犬を四つんばいの裸で
唾液を安息に幾度も垂れては
満足の吐息を出し入れして、絶望して
　たくさんの板小屋の中で、無数の
　　純粋を痙攣して、嗚咽している　歴史

それはほんとうに間違つてはいないのだが
ひとたびこうしてひとが

壊れたあとには
　思いの崩折れた影が顫えて
にんげんは曇つた空へ突き出す肛門
ひとつの筒型の空砲を仰角するだけになる
あの介錯人《かいしゃくにん》だけがひとり歩く　闇夜となる

その他の廃墟（2）

そのまま銀貨のような冬がくれば
　黒い貨車の背に帯びた赤錆びが
鉄粉に削れ風に乗る　首もまた
敗れ去つた国土の
　錆びた地下水を吸い込み
　　ひそかな人の水音が脳を流れ下る

　　　　夕闇が水の音に頬擦りする
　　　暗い山間の廃駅に歪む鉄道標識
　　　　ここに吹き溜まるのは
崩折れる痼癪の一元論、肉の手に血迷う
　病んだ肉体が思想化けした迷妄が
一瞬で黒い作業員たちに叩き殺される
　国労も動労も同じ重油に汚れ

ふたつの黒い記憶は棺桶に一人ずつ
　坐りひとりずつ土葬された

もう、とうにたつたひとりきりなのに
それでも、だからこそ人のおとす水音が
思想であつたという錯覚や
何も創り出さず、けれど魚肉の
頭《かしら》を崩した人をわたしは読み耽つている
やつと皮膚から剥離できた愚脳のパロール
数十年を羊歯葉の空の下で、飲む者もない
錫箔《すずはく》の浮かぶ錆びた地下水をすすりながら
銀色の毒の虚栄をわたしも泳いだ

もうすぐ冬が、来るのに
いまだに数千もの遺体を離さぬ海に
　美味な眼球などが流れ着いたりせぬか
食い残された嬰児がうち寄せられて

こないか
「もう白い右足だけね」
きみがにんげんだからこそ
陽も絶えた寒い波打際をきみの
凍る憐憫が叩いてゆく
　わたしはもう誰の嘘も読みたくない

もうすぐ最期の冬が、来るから
魚の眼をよく、焼いてくれ
これは冬の詩だ
　　憶えているもの、右足を指の股まで
　　海の戒律は、惨たらしく清拭《せいしき》して
　　　曰く「百万年もすぐだつたな」
愛を終えて、でもわたしはにんげんだから
塩の水に漬かり、何も聞かず
何もない廃墟に、靴音はもう労働しない
労働も終わるのだ　必ず終わる

必ず　いつか

擬物

窓の外には田が広がり
田の向こうの道に一軒
老いた病い人の通う館が建つていた

死びとと病みの上空を遥かに
　意味は通り過ぎた
彼方の駅で転げ落ちていた

流れ着いた
　輝けるこの大都市の
　　錆びた橋のたもとにて滅びようと
ダンボールの底に真つ裸で、潰れて眠る
産まれた意味を　膿むように病み
　神に会うては神を斬り・・・

仏に会うては仏も斬る・・・
やおよろずの神など敵ではない、が
・・ううっ、と呻きつつ・・・体液が
まだつらいしずくが、残つていた

一度も元へは戻らなかつた
いつもどこか違うところへと
行きたかつた
もうどこへも行き場のない
寂しい者が三人
私のもとにそつと寄つた　そして
その誰よりも　私は弱かつた
忘れたい侮蔑と嘲笑と哀れみにも
遂に、一度も恨みを晴らせなかつた

窓を開け　ブロック塀を乗り越え
田のあぜ道をぬかり

この痛恨をじゅくじゅく踏み
あの病の館を見舞い、転げ落ちた
意味を最後に、今一度拾いたかつた
が　二度と元へは戻らなかつた

汚い生き方をわたしはしてきた
　古くは遠く
土を耕し、もの言わぬ実りを愛でた
　あの人々の尊い血を、
限りなく穢し続けて
そうやつてこの物は、生き延びた

　　さてある日のことだが
　突然　おまえたちの父が
意味も知れぬ労働の地べたで
泥壁が崩れ落ちるように死ぬだろう
　だが、どうでもよいことだ

血も土も、この冷たい冬の雨も
うちつづくことだ

ただ空が
　僅かに一瞬、醜く歪むのを見逃すな
穢れた物がひとつ
神を殺しに、空へ昇るからだ

Ⅳ　地獄抄

蝉　国

空を飛ぶが鳥でないもの
海を泳ぐが魚でないもの
陸を行く、動物ではないもの
　そんなどこにでもいる壊れたものの
　悲しみにあなたは沈んだ

霧がそびえ立ち私を悔いている
　背に羊歯を累々と老いて
　遠くから来たものを迎えて哭《な》く
不脳なる悲が　たゆたう
　殖器に残るぬくもりを恥じて
　水尾ふかく泥を喰らうのか
火に泥田の苦怨をくべて煮沸《しゃふつ》し
床ずれに膿んだ海から

天井色の地獄を怨み尽くそうと見あげて
石は落ちながら水に近づく
　水は石の怒りを吸い込む、ただ
　　無音にあるとひとは云うが、この
　　　眼に焼いたことを言うているのだ
　　「破」ではない

（死んだ蝉の苦の背・・・）
もうどうでも良いという気持ちで
僧侶は護摩を焚いている
　二度とは会えぬあの人が哭いている
　遠くで死んでいく音を何かが叫んでいる
ほとばしるあなたを呑み干そうとする
あなたの固い指の節々をなめてみる
　あなたの国
　　かつて私がしゃぶりついた声の未来

暗い喉はかき切られたのに

死ぬ児の呑むべき乳をとこしえに
ささげもつ母が何処にいるか
いづく出る殺し身の枯れた果てが
見捨てられる血膿み　ばかりだ
　苦しみぬいた月日を呪いちぎる
滴るような悲怨を尿にちらして
どこへ行くか、それが本当のあなた

ひとを盗り、物を殺した
古いうたを哭き続ける
「一緒に死んでください」
ちぎれる　かざぐるまのように
　涙がこわれ、散つたあなたの
　　あなたひとりの国

独《ひと》雨《あめ》

佛界には火山灰《シラス》を砕いた白砂の海がある
水も塩もない白砂だけの海であるそうだ
　これはもう浄土ではなく
　白い地獄のひとつではないか
世のため、人のためにも無くなればよいもの
たかがそれだけを思いつめ、気が狂《ふ》れた私
思う間に亡くなればよかつたものを

　たそがれようと解決しない、否
しないものと決められたのだ
一人より、もつとひとりになれるひとは
すべての色を手離した真黒いものだ
只今これより出発します
　不可思議な下降、デス・バイ・ハンギング

地が上昇するとともに自らは下《くだ》る
神へ、かみへ、あゝ
　それならば闇に右の頬を、次に左を差出し
　張り倒された兄妹よ、決して
　この地上の空論を呟くな
天上の一骨をのみ無言で拾え

　ぬれたカンボジアで降られて、雨が
肩を激しく叩く、そのことへ
錯覚が一片も無いとは謂へぬが
激しく叩く罵りは兄を失つたことにもよる
　罠と知りつつも哭《な》くほかはない妹
彼女が耐えうるのは果たしていくつの季節だろう
朱夏を経て白秋、煙草を銜《くわ》え
落ちる火灰を払う兄の影

いのちの皮袋ひとつ分の酒で、潤う

門番を言いくるめてから逃げ始める
逃げたのが知れぬよう用心して、消える
ガソリンの匂いがエアコンから流れ込む
室内の冷え切つた死と匂いが手を結ぶ
爆発する兄
飛び散る兄、破片の兄を
空想し続ける妹は叩き殺された
カンボジアに降られて死んだ

雨はまた降り始める
火山灰台地《シラス》の海に
兄も妹もいない孤独な豪雨が降り始める

真理と実在

泪ぐんだ耳に口は滑つてゆく
深い泥溝沙汰《どぶざた》の底には
暗いあたまの驢馬がつき刺さつている
おのずから嘘つきだ
割れたあたまを突き出しては
蚯蚓《みみず》のように謝つている過去のひとたち

口吟《くちずさ》むたびに唇を噛む唄
血が滲む虹の彩色に割れ甕を染める
彼の地から驢馬は何処へ
荷を下ろすのだろう、自分を
閉じる日に真理は何処にいるだろう
　水銀色の水のおもて、排水口には
理性の劣等が原子炉の灯を写して揺れる

こんな忘れ難い不毛の争いからも
孤立した種子を育て
ひとの世を罵り倒した者たちよ
おまえたちこそが過去なのだ
蚯蚓のような封土だ
謝罪につぐ謝罪、其処に何があつた

春までには戻る、そう言い残し出ていつた狂人を
そろそろ帰してくれてもよかろうに・・・
どうせ悲しい本を読み
何も見えない夜を残して死ぬのだろう
　真理とは全体であり
全体とは何かを開き、何かを完成する実在
に、他ならないのだそうだ

6時

消えてゆく反乱に、振り返りざま
「貴様は何処へ逃げる気だ？」と訊《き》かれた
消えてゆく勇気に肩を掴《つか》まれ
「日曜詩人がぶどう棚でも作るのか？」と嘲《あざけ》られた

さて革命はどうなつたのだろう、貧困は
純粋に金銭のことがらと化し、後《のち》には
古びた救済の愛人と暮れ泥《なず》んだ

我が子を飢え死にさせるほどの神経を
常軌に乗せる狂気の正典《カノン》が
果たして私に皆伝されたか
晴れた朝、水の表《おもて》に老いた青空を
呪い殺すべき呪文は未だに

忘れない

火は
必ず揚がる、この不平等は丸々と肥えて
いくのだから、満足も幸福もないシンデレラ
殴り殺す女王よ、貧者を寒村を犠牲者を
　その墓を掘り起こし、歴史を救い出して
　　革命はそしてどうなつたのだろう

石の
ヘゲモニーは何処へ砕け散つたのだろう
独裁は止まずプロレタリアートの手に在る
　晴れた朝、突然に血の雨が降り
　　高揚する呪文の呼び声から
　　　無数の豚が追われ叩き殺されるだろう

空には

黙示録を読み上げる七つの悲鳴が
渡るだろう
西日に煌《きらめ》く
砕けたガラスの靴を拾い集める残党
侮辱されたシンデレラ、断首刑《ギロチン》を待つて
ケーキを貪《むさぼ》つている夕方の6・6・6時。

セイレーン

*

良からぬことをペラペラと喋つたろうと
その舌を万力でいきなり引抜かれて
血まみれの無言の舞踏の末に
言葉にできぬ悲鳴にのた打ち廻りながら
焚《や》き殺された　ルチリオ、おゝ　きみの
舌根の激痛に誰が耐えればよいのか

腕も脚となり四つ足となつたきみに
その母の死の知らせより悲しい錘《おも》りを届けろ
　聞こえるかい　ルチリオ・・・
いずれは黒い帷《とばり》に塗り込められる今日
いちにちの脳裏に満ち溢れる海が
今は古代《いにしえ》の沼のごとく澱《よど》んで
張り詰めた無数の悲鳴が、海面《うなも》に反響する

何人を逃した？　報告しろ
他に訊くことはない
　それによつてはこちらも命懸けだ

雨の日に、女はその樹がむかしは誰だか悟《わか》る
亡くなつたひとが肩から　ずぶ濡れで泣いている
そのひとはその樹であると悟る
北に遥か日開町《にっかいちょう》、無人の十字路
地べたに叩きつけられた土竜《もぐら》の死骸が
砕けた頭蓋のまま干乾《ひから》びている

蹲つて死んでゆくあの罹災
そのものよりも
　産んだ母の悔悟の悲鳴との
　古いふるい後先を問う

＊ルチリオ・ヴァニーニ（1585～1619　イタリアの無神論者）

死園

　移し変えた胃臓を跳ねる
血管が腕を剥《む》く　渚にて
大空間の名残り切られる古くから
呼ばれる・・・しかし永い間
破音《はおん》は違う　わたしではない

　すべての猫を流し込む毛の食道
肉を渡す片腕、かつての刻が横倒す
畜生の腋
酔つた汗が肉を引きよせる
汁を垂らしつつ毛唐をつかみよせ
白身を裏返すほど尻をむきひらく
　これは毛の生えた獣の穴だ、手を離すと
蛇腹はすぼまる、歩きながら縮む

蛇を探すように会話が顔をあげる

みにくい霊魂をふるえあがらせ
いま投げる身、風は立ち昇る錆び
どこからか噛む
吸う
少し公園のような風向きの中に立つて
振り子のような刺激を陰茎にあてる
対する類型、ひとつは住処のようなボイラの
熱風に溶けて
建物の腹を抉り続けようとする　だから
ある意味で腹を膨らませてぐずる
真夏を追つていく

胃図を割る漠霊を踏みつけてきみは
縄を跳ね上げた車輪の跡に立ち
焦げたマリアを見上げて

ぎいぎい鳴る首を
　45度メスのような運河へ傾ける

　ドアの外の古い駅に
あなたを縛りあげる音楽会が
溶けるような女を鳴らす最中で
腐乱した男根の先から
　死は
排泄の木霊を裸体の聖母に垂らしはじめる

そこには茶室のような権力が
心の闇で裸足をじりじり焼いている
少年達は誰の名も呼べず
ああ、破音《はおん》が
　バターのように褪せたコスモスが
　喉をかき切つて死ぬばかりだ

猫が眼を閉じる
それから会話しはじめる
死もちゃんと待つている
団地の底に公園は
駅前広場のように死を配つている
ベンチで
きみは老人となにか喋つている

老犬譚

人間の十年の為におれは書いた、けれど
犬の為では決してなかつた、と、はたして誰が
この詩《うた》を読めただろうか、
十年に及ぶ因果は案外に重く、そして
もう祓い退けられぬと悟《わか》つたとき
そんな筈ではなかつた淋しい音色
あの、水俣病の記憶を掘り当てるような
苦い虫のひげを、喰う前に、抜くような
臭気を放つ鼻毛が穴からまた戦《そよ》いでいる

存分な血の嵐を飼い慣らし
ひとびとの暮らしに余計な顛末を添え
万人が身を亡ぼす性《さが》を見て、愉悦を
くつ・くつと腹の底で煮たおれが

そうじゃない人間の十年の為に書いたのだ
そうとも、犬の為じゃない、決して・・・と
言い募つたところでが、所詮ひとは
救済を求めて書いたのかもしれぬぞ
金になるなら
詩も売ろうとさへ考えるらしいぞ

老人は早くもここらで、もう我慢できない
千辛万苦《せんしんばんく》の押しよせる、水母《くらげ》まがいの生活に
暑さに黒く枯れ果てた吊忍《つりしのぶ》がしがみつく夏
ことばの裏から芯を貫く茶毘《だび》に伏してまでして
何を此の世から祓《はら》いたかつたか
逆線を曳《ひ》く悪阻《つわり》に破綻ばかりが
奮然と力み血を絞つて、
血を売り払つた金で喰つたあの頃の無駄飯

阿呆めが、ひとに疎まれて非を紙と成しても

もはや覗きことばの舌先に乗せられるばかり
こんな野放図な恙虫病《つつがむしびょう》を拡げてなるか
古き「建軍の戒」など狂林の奥深く牽《ひ》きこみ
袋叩きにして無頭索《なめくじうお》に喰わせちやる・・・とは
さて、その発表会をお楽しみに待つばかりの
老人である

尋《き》くに
犬は人間について人間よりもよく知つている
ひとりひとりの人間についても、そう。
でもひとの欲と絶望とが依然　悟らない
あれだけ完成された哲学を生来携えながら
犬は貨幣の海を渡れない
渡れなくて結果よかつたのだ・・・
そんなことばかり老人は考えて
日々、自慢の軍刀の手入れに余念がない
戦争に行つたことも見たこともない

むかし一人商いの質屋から隙を見て盗んだ代物

老人は
いまはただ、今年八歳になつた飼い犬よりは、
自分が先に逝こうと考えている。

死晴

震えが聞こえない人たち
届かない人たち　針の莚《むしろ》で
腫れ物に取り囲まれて
誰も本当のことなど言わない
道端の草の花だけが
本当のことを話す
恐ろしいことを聞かされる
逸裂したままの果実を残した
魂はふるさとに残してきた
麦は命を殺すように降つた
穂は垂れて人を殴りつけた
誰も何も言わない
晴れる日のない莚の園

美しいものが裸の背にすがりつく
　私をからめ喰い尽くしていく
憎しみ続けた私がやつと壊れていく
　　私はこれで終わることができる
　　　　冬を閉じて傾いていく

色紙で折つたいくつものキリストを
はさみで次々と首を落とす
人が殺しあえぐのを立ち荒ぶように
海はぼうろうとその死に名を呼んでいる
頭はこの手で砕きたいほどに痛む

いつも闇の底から見上げるように
　視た　天に一点の暗い灯りが
　　あつたり、なかつたりする
ここからしか書けないし、もうここから
　この痛みから動くこともない

世を怨まぬあなたが嫁ぎ
田に麦を蒔いてふたり
寿がれた日からすでに長く
いつも暗い雨の数十年
いつか孤独な血の涙を流し
私たちは苦しみを必ずやついに投げ出すのだ
やつと死ぬことを思い出して

いつくしめば死ぬのみであり
あなたが深く息を引きとつてゆく時に
わたしはこの世のものを見ない
ゆつたり恥ずかしい海で泳いでいた
あなたの温かい遺体
狂犬を追つて吠えかかるわたしは
五十になるまで空も見なかつた
地の底の黒い闇風にただ吹かれて
だからあなたを止められない

あなたはひとりで無限の夜空を見上げ
悲しみと、別の闇を視ていた

　にんげんの海に何が沈むのか
　妻の名を呼ぶと、空に孤独と
冷たく黒い絶望が転々と散つていく
散々にふたりは、ちりぢりであつたから

二度とは永遠に出会えそうにもないから
　せめてわたしだけは何処へも行かぬ
　死んでかならず晴れて　木となる

異形紀

たつた六年の昼夜転倒の底で
わたしが失つたものといえば
ほんの少しの健康と
そして意味の平安の傾きだつたが
弱い神経はすでに死の板を踏み抜き
気高い天上の執念から
忌みしき病肺を吐いてしまつた
　息をする肉塊はぶよりとゆつたりころげ
　　地上の土砂をまぶされて呻いた
「あぁ・・・ぁあ～
　すると火のように埋めたのだな
わたしは腐れた息を噛んでいる
海はびゅうびゅうと胃を吹いていた

子供たちはひたすら意を決したかに
花を、憎怨を固く踊つていて
そしてひと握りの飯粒を
火山灰の空にまき散らしていた
不気味に口を開く砂の　色の　空

　ひとのものを食する天
　わたしたちの厳しさは
間違つた妄覚の底でおもい出されている
あるいはまた
　古い火をあまりにも多く
　わたしたちは浴びすぎている

　わたしたちは巨きな忍従をはふり出した
　頭蓋はゴトンと落ちる
ほとけはゆつたりと草の花を眼腔に
挿して

横向きに寝ている
　ぼくたちはゆるやかな刑罰に鈍く
　ゆさぶられては
　ぼうぅ・・として稲穂のようにぶれる
　幻霊のような不在が
蝋を引く肉灯のように
その丘を取り囲む稲穂の波の
　涯てしない不安がきらめいて
　ぼくの願いを摘み取る白い匕首のようだ

そして・・・
わずか六年がたちすくむ
　もうわたしの顔形は崩れ落ちて
　腐爛は七日目に訪れた
　日常は息も荒く崩れたひと月の
　夢にならなければいけないな・・・」

仮説的な貪欲に、政治に
わたしたちはこうしてやおら睡りこむのか
うつけ者の原牢、こころ奥底に
七つの朝のふくよかな異形・・・い
息　殺し　数え　唄う
箱庭守りのとどろく童謡
轟音に千年

樺太紀

極寒の底で肩がはずれた痛みに
わたしは会話をする火を見上げている
　血が天へ昇るような
　瓦解する火を見上げる苦痛は
凍りついた労働は、義務よりも
歓喜であつたし
　ふたつの典型のあいだで白旗のような
　暗い憎しみの高さを誇らしげに
見上げていた
　いまだ遠い波の臭いを撫でているのは
　ほかならぬきみたちの悔いなのだ
　死骨は待ちうける木戸を、だから
火で打ち鳴らす

夕刻、貧しい火をおこす意志と
生涯を、極寒の架空に繋ぎ
サラダはやさしく樺太の喉を流れる
なにより深まる言葉よりも
高らかな迷いに濁る天を叩きあわせて
爛れた思索の岩塩を削つては
剥き出しの傷口にガリガリなめこむ
ある闇夜をひとつ仮定してみよ
　密のゴルドーン
　視ていたか、歴史と生命とが
すこしづつゆつくりすれちがうこの
仮定のカタストロフィの欠陥を
わたしたちは古い即興詩から、わたしたちの
　数々の黒い祈祷を摘み取るように
　　むつまじい暮らしの過剰を
　　　削り落とすしかない

降り止まぬ雨の下
腐つてぼたぼたと落ち続ける熟果
朝の苦しい尿骨の滴くに立ち昇る
湯気をさましつつ、泣いて
華やいだ　かすかな生命の
冷蔵庫に眠る缶詰を叩くおんなは
函切りをまわし、生きようとする
金属のぎざぎざの殺気を嗅いでみる
囲炉裏の火の音を聞いてみる

だがわたしを泣いたのはこの女ではない
ひといきに憎賦を吐き
幸せだつた顔を傾けて
悲魂のあと殻、ふりむく毒の後悔を
すくいあげて嘔吐と抽象が
この肺骨をこみあげる食物が
腔毛をむしり剥ぐように呻き逆流して

異形が泣いた土地、土地、土地。

何者のかすむような貧しさも信じない
　何も共震しなかつたニジンスキー
　　白い薄い霧雨に降られて
　　　骨のような医師とふたり
　　　　墓石の群れの頭上はるかな橋から
　　　　　ころげ落ちる死胎児の影に
総毛立つた理性を立て直すように、夜
ユジノ・サハリンスクへ顔をあげよ

沈むデスノス

　この白濁する悔い
この虚妄を沈め、どのようにして
この「いのち」という防御を海に開くのか
　ひとりきりで死ぬというひとに聞く
　聞いて　終えるものはいったい何か
わたしがついに辿り着いたこの地の
引き綱の張りつめた海筋から
かつてあったと聞く構造を強いる静寂が
立ち昇る血臭ほのかについに風上立つ日を
　　ひとりきりでわたしは　待つだけ
　かつてわたしはどこに
　敵という装置を置いたのだろう
　答えるひとの答えにわが身を重ね
わずかな塩と白湯を差し出す

かのひとの指がわずかな血路が
わたしを擬人化する儀が
もはやない

耐え切れず外に出て浜に立つと
ここにはいつとも変わらず
　虚妄が言い放つた巨放な貝柱や
　　動脈を引き抜かれた太い陰茎が
　　　ごろごろと水際に数本ころがつている
にんげんのふりだしとは・・・
　　　いくども暴風が過ぎ去り
砂丘の霧が黙して立ちあがる中でも
頃よく死んでいつた数々の昔の船には
凄まじき念仏が１ガロンにもあふれ
その重みにすがりつき　もろともに沈んだ
無数のあぶくの鳥肌の腫瘍が
ぶくぶくと海面を泡立たせるのを視る

それでも濁つた偏向によつて立ち
たとい沈船をも、是が非でも
生きたこの世に引き揚げようと　わたしは
技能だけの孤独に異脳を貼り巡らしもしたが
退路はあまりにも暗く方途も暮れて
いつか迂闊に肌の恥毛も剃り忘れて
あなたの中の陰謀を聞き分ける耳と
あなたの死後の名がいくつに
わかれようとも
　深々とその獲物の内壁を閉じる術に
　この無頼な憎悪と哲学をないまぜて
　互いに汚物めいて相対峙することに
しんじつ疲れた　これが
困憊の海だというが、また出口でもある

　深い下法の海には汗が、理想が

そして暗い船底の祈りが
　ひとの一片の防御の鈴を揺らす
これ以上は「いのち」が危ないとみて
棺の釘を外から抜いた人々の迷いが
すでに儀を封じた槌を拾つていた
　崩れ落ちるような砂丘の村には
もう、落人を救う
　ひとくちの貝の塩汁さえなく
一片のひとの　いのちなど
数万人の虐殺と引き換えた炭　そして
いらだち、結果すべてを疑い尽くして
逝くスターリン・・・ひとはふつう
そのようには死ねぬ、けれど地は
かまわず北方から少しずつ死滅を散つてゆく
　冷えた砂のなつかしい塩辛さを舐め
夜の法を殴り続ける錆びた白い船首

わたしには何とか救いたい
あるひとの思想があつた
そのために漁舟のカンデラに首筋を焼き
破船もろともこの砂地に叩きつけられ
海筋の地の崖にともかくも辿り着いた
個を捨て　たつたひとつの主義を
決して追うなと命じたひとの
突き刺さつた畳み針の思想を
あえてここまで運んだのだ
　なのに知らずこのような憤怒にまで
暗転した憎悪の思考よ、いつどうしてこれが
　わたしであると再認されたか
再認と誤認はたとえどのような罪にも
絶線の引き綱を越えればティピカルなはず
　決してひとりではなく
だから是卯する極みは集合でたやすく
踏み越えられて地獄は爆煙の塔を

狂気に誇り　星の終焉を預言できた
血が再浮上する
こんな切断をわたしは決して
どのような勝利者へも返す気はない
そして狂つたそれが敵に見送られた
だからどうして下物に看取られたものなのか

暗闇に視すぎた乾いた夢と
白昼の入水のごときコミユニスム
幾度も悔いたゆめにポル・ポトを埋めた夜
白昼と闇、と激しかつた農作業・・・
真夜中の涙と、よだれと絶望
労働も農業も飢餓の友の顔をしていた
　真夜中の海で揺れて朽ちた舟板を
　いのちで踏み抜いた寒い凌ぎを
　動かぬ地べたで一夜、黒いネオンの
煤けた女と呑み明かす憂さで果てる

そしてしんじつ　空洞になつてめざめる
もはや敵ではない思想のために一片の
薄い均衡さへ返す理由がないから
　　わたしはわたしが独力で
黙殺してきたもののほとんど全てを
　　まるで略奪するように敵が
　　むさぼり尽くすのを視てきた
許せぬ事柄が地にひとつでも如何あれば
視告朔《こうさく》の朝に、いまは廃れた天もある

水よりも僅《わず》かに澄んだ愛のために
この部屋に砂が流れ込むこともうない
核の実験室、バーナーの火と斜に
刺し違えるかに冷えるわたしの背に
邪心の羊水面が揺らいでいるのが
地球の揺れる夜影が視える筈だ
もう還れないのだ

この壊れたわたしの宿命に
これ以上なにを問うても
問うことで誰かの「いのち」は麗らぐが
　どんな誰の死も、もはや
　あなたの不遇にとつて
　沈みゆく船底にきりきりと鳴る朽ちた思想
儀とは何から誰を抱き起こすことか
待つ嘘に冷えきつた　あなたはもういないのだ

このごろになつてぼくは力も尽きて
異常な夜を再び噛むようになり
もう時刻をしばしば見上げるのに
うんざりなのだ　眠りという柩の底で
もういつになつたのだろうかと
そう想い出しては自分の重態を
その刻に、何度も何度も置き直す行為に
ほとほと疲れはてたのだ

棺の蓋は内から閉じて
　ぼくの遺体は数十年をも経て
　ぼくの頭蓋が冷えているのは　もう
　どうしようもなく壊れた世界らしくて
この世とは離れすぎて言葉も違うから
もうあなたの思想も
救けられぬだろう

亡くなられたひとが涙ぐんで
いまも答え続ける
　充分とは　儀です
日の丸のようにひとりきりで
待つた、そのことが
それが結局　答えです
塩を下血に溶かして海へ流しなさい
あなたが男なら糞尿もしくは　精液で
女なら経血として海に垂らし落としなさい

黒い漆桶の底でついにあなたが
もろ手を腫らす塩を哭《な》くまえに・・・
けれどもう、わたしのからだの水から
透明な尿瓶の、一滴の音が聞こえない
沈む後悔を見送れば、浮かぶのが
あなたの　のたうち廻つたあの星の地獄
このうえ絶線に何を置いても
悔いることを断罪する世界が牢獄を据えて
鎌と槌が真つ赤な口を開けていたら・・・
その中央をわたしは入つていく

かつてわたしはどこに
敵という自分を置いたのだろう
いま、わたしに視えるのは
わたしたちの柩刻をきざむ待合室
のりあげた船をとり囲む白黒の弔酒
喪には喪を酌み交わしながら

されこうべたちはしろい
　老衰の　静かな放逸
儀とは
儀とは誰から
何を抱きとるのか

　幾重もの罪に曳きだされた砂丘で
　幾度も現れる廃船を沈める無残
にんげんのふりだしを視たわたしは
にんげんを置き去りに沖へ沈むデスノスの
思想を捨てたゆえの空恐ろしい轟音の重力と
そのみごとな黒い孤独とを見送っている

＊ロベール・デスノスはドイツ敗戦でテレジン収容所から解放されたが、
ひと月後の1945年6月4日に死去した。
その2ヵ月後、広島・長崎の2都市が相次いで、人類の絶線を越えた。

V　路の涯《は》てるところ

たれと

いま喰つた飯《いい》を血飛ばして吐く
ここは死ぬ日の台所だ
　欲を見よ、肺を止ざせ、刃向《はむ》かうな
承認のうえでは死ぬこともない
たとえ警官隊にとり囲まれて
銃火を浴びて穴だらけになろうと
まずは血を吹き流すように倒れてから
そして死ね
　畳のうえで死ぬとはこのことを謂う

　砲弾の降る街中を、母親は蹲り
　　わが子を包みこむばかりだ
　　　そのような闘いなのだから
子はうつろを哭《な》くようになる

ひとこまが、またひとこまが最期の
ながめである
口がきけずとも死なぬ
眼がみえずとも死なぬけれど
耳を喪《うしな》い、音を闇に捜すとき
ひとは狂い
ひとが死ぬ
暑い日、故郷《ふるさと》がすり寄ってきては
屍人の皮を剥ぐ
ひとの水を盗む療養所《サナトリウム》では・・・

もっと正しく死のう
(食べられる) 食べてみて
死なないかぎり食べられる
首を泛《うか》べた樽桶《たるおけ》がするするする
と、井戸の冷えた底へと降りてゆく

これで会えるの？
誰とだい？
無念はさいごの憎悪のすがた。

春日井さん

夜はふたつある
鼻の潰れた夜と尖つた夜
　肉が尿瓶を下げたブランコのような人生
　　舌を俎板《まないた》の上にのばして
　　　包丁で切り落とせば瞬時に死ねるんじゃないか
遠く離れて狂つた魚は
帰り着いても舟を降りない

壁は穴のような愛・・・ぶらりとゆれる廃弱
　わたし　文字を　ふりかえらない
海田
こつんと痩せて、さわれるひとは
優しいひと

少年に命はいらなかつた、両足も
サッカーボールも
もういらなかつた
　まだうんと小さい時に聞いたきりの
　　　オルガンの音は
　夕陽の海の、卑怯な悔苦、もう
　考えずに生きよう、考えた末ひとは壊れる

告解室の小窓に打ち付けられた
小刻みに　頭蓋・涙と鼻水・口吻
世界はすこしもよくならなかつた
牢獄の石床に冷える裸足・背骨・首・・・
　春日井さん、人生は地獄だよ
虫がひとの生き方にいなくなつたみたいに
三艘目の舟はもう既に出ている
　そう云うが、それでも
私は降りず、もう何も考えぬことにした

何も考えぬことの中心に何がいるか
それだけを千日も、考えた
もう絶対を考えないことに・・・したよ

外延の骨

すみきつた水のような文体
花の病いに冒された文化は
ある意味で自然の傷跡となる
　民主的な差異と
　非人間的な偶然を混同する者
　　病者の側の非知を前提とした
　　病いの名前、譬えば
普遍的必然性で、あるひとの特殊な自由を
粉砕し不合理そのものと化した
のはプロレタリアート

必ず自己を故意であると思いこんだ狂人は
　生きた死人として振舞う常人よりも
　　狂つている筈はない、置換された

領土の上に再び花の名前は
悪として降臨する
　　　　　　自己が信実であるのなら
　　　　　隠蔽された理念を
　　　信仰や形而上学は今さら
信じたりしないだろう、それどころか
物それ自体が人間を後悔しているだろう

現実はその中に
倫理を内蔵しない機械なのだから
真実を見出したとしても、それは真実に
騙されているということだ
今さら自分を信じるような馬鹿にはなれまい
　生産を計画した者に告げよ
唇の端で麦を吹け、と
　資本主義の真実は享楽の具現だから
計画した者も含めて計画されたのだと

どんな欠点も、他人《ひと》には虚偽と映る
無の代わりにそれが発現したのだと
いくら云われても信じない
　仮令、賭けに敗けたのだとしても
悪と愛が同じものだとは信じない
私は予め自己の失敗を
計算に入れているから
　空想とはそれのことだから
　私は最期に勝つ自動人形なのだ
吹きとんだ自分の頭を抱えて、再度
敵を追いつめるロボット・・・

観念論で謂う審級のような
ガムのような教条主義、現実界に属さない
私を凝視め返してくる、ある外傷
　反動の形成に於ける骨は精神である

必ず空間は物に先行する筈だから
無の背後には何もない
シニフィアン、そして空無は
すみきつた「他者」なのか
世界の終わりにエスがいて
社会は消える・・・のだそうだ
新興宗教のおばさんに聞いた

帰郷

春の陽の下を紙屑のように転がってゆく埃
それを凝視する私　と一匹の犬
　は同じものを同じ眼で追ってゆく
其処からは暖かい日向ぼっこの中に
辛い眦《まなじり》が閉じ始める
苦しみのどん底の陽射しの下にも
欠伸《あくび》する犬を眺めるほか
私の吐く息はない

トレンツ・リャドの絵は必ず嘘をついてくる
ありそうで絶対にない風景
いそうでいて絶対にいない優しい女
生きていそうで決して生きていない人間
死の島に近づく小舟に人影がないように

白い柩に入ろうとする者もいないはずだ
死と空を垣間見る兄弟
二度とは会うことのないふたりは
互いに相手を卑劣な男と思つている
それでもどうでもよい兄が、ときには
どうでもよい弟の居場所を探したりもする

差し止められた呼吸を禁じられたように
私は魂を釘で打ちつけられたまま
苦しくて古い陽光を顔の正面に受けて
小さな悲しみと、ある行き止まりの絶望とを
背負つている

カンブリア紀、鳥には翼の骨がない
島という領土の名には
ことさら言い訳のアネクドートが見当たらない

故郷の村落にトルエンカットされた
　燃料がひたひたと浸み渡り
暗い一瞬の火花を、
あるいは砲撃を待っている

いずれ埋まる湾の内海に、私たちの想いは
沈まないだろうし、刑務所にいた頃でさへ
　何も残らぬ前提で嘘をつきまくって来た
砂町の火葬場まで行くのにどれくらいかかるね？
　タクシーのドアを開けたまま、男が
　　運転手に訊ねている

＊

＊砂町の火葬場　椎名麟三『深夜の酒宴』

ジロー

まだまだこれからも続くと思つていた
喜びや苦しみが一瞬にして終わる
きみはもうひとりで行つてしまつた
何も知らず意味の縲絏《るいせつ》へ落ちていつた
その夕刻をただ切り取つてみても
痛みは重い
黒い荷を曳く列車は
飯能《はんのう》をすぎたあたりで寝静まる

靴・叫ぶ靴、同情と愚鈍な救済
誑《たぶら》かす、乗車口から身を誑《たら》す
前足の無い痛み
どちらが前足？　とにかくも
前に出す足が無いのだ

一本脚の傘のように、ふるえあがる
固いかたい苦悩、足のようなもの
でしかない一本足

端坐もならぬ不具者よ、けだものよ
その床に寝転がり耳だけは聴け
疲憊した眼でうすぼんやりとただ
ひび割れた声を聴きとれ
うす暗くとも
化野《あだしの》へ抜ける道はひっそりと寝静まる

二郎、おまえの身体《からだ》はもう腐りはじめて臭い
生命たちの集散に乗り遅れたな
薬玉《くすだま》が割れてとうに卵は進水した
河川敷なのに風通しの悪い荒寺に
ひとり、濡れ縁から庭土へ身を誑《たら》す
二郎は足もなく、寝静まる

夏の葉書

青い波の飛沫のような葉書を
折々に幾枚もくれたあなたに
もうすぐさよならをしなくてはならないとは
そして今や病に伏す最期のあなたに
ただ憤りのみが巣食うことになつたのを
限りなく淋しく思う
優しかつたあなただけを私は憶えているから
　ベルクソンについてあなたと
　　ついに語ることはなかつた

　　暗いエピソードが舞い散るのならば
　それは冬だろう
何よりも盲いたひとたちの黒い視界には
人の恨みと憎悪の音が鳴り響くのだ

遠くから何かが近づいて来るが
何者の気配かわからない
盲人には気配の他に何物も視えぬ
不安とはそんな
地に引き据えられたものだ

足には縄を曳《ひ》き、盲いた背中に
近づく気配のみが近づく恐怖
耳に集められた叫喚は
死の水底をも浚《さら》いあげて迫る

器のない水のように、形を壊してゆく記憶
何処にも留《と》め止《と》めようもない自己の崩壊
忘れてほしい、そんな後悔を首まで被《かぶ》り
溺死寸前で悪夢に沈められているあなた

今も忘れてはいけない

愛されるために生まれたひとを
思い出せ、夏を
あの優しい葉書の海のことばを

裏問

美しい百合根が掘れたとき
視覚の瞬間を脾臓は限りなく所有せねばならず
　その写し絵から遺漏する
また限りない可能性を回顧する方法で
　言語を復活させせる

小規模に繰り返された展望の見込み違い
いくつかの画面を呈する連繋の
通時性を形成する
　地球言語を現状にまで陥れた毛髪的な帰納法で
会話は過去の方法で現在の言語を
　復活させせる

限界は超越を下回る記号ではない

＊

下弦の月の夜、私は木を切りにいく
自らの柩を作るために、否、そうではない
誰かの古い柩を掘り出すためだ
　プロレタリア病院の庭先
　牛壺の丸く埋つた穴には
　少年たちの色濃い小便が溜まつていた

もつぱらヨーロッパ言語の地平からしか
この国の原思想も立ち上がらない
百合根は神代《かみよ》の音韻、またその変遷を譬えば
記号どうしのように並べる、そのそばから
対立が既に怨嗟韻をうけて意想外な
帰結を越え、「うらとう」と呟くときには
とうに日本人たることを切断している

　老兵の肩から下がつたまま
　秋風にも揺れぬ水筒には大きな

割れ目にも見える凹みがあつた
あずき豆の束子で喉を擦られた犬のように
三日月は星々を深く呑みこんだ

二十歳の頃からむやみと死にたがつていた男が
六十歳にもなつて「二十歳のエチュード」など
　読んで感心している。腐つた玉葱の匂う
部屋に「精神の肉体」とか「沈黙の国」を
　持ち込むと、昨夜の夕食がひとりきりで
言語に耽つている、裏切られて腐敗している

＊

＊下弦の月　フリオ・リャマサーレス『黄色い雨』より
＊原口統三『二十歳のエチュード』

頭《づ》脈《みやく》

空いっぱいの驚愕と
顫えおちた舌を拾う夕暮れ
射し込む西陽の暖《ぬく》もりを払い除《の》けるように
身を翻してあなたは母の頬をぶつ

献立はあなたの思うまま運ばれる
次々と狐憑きの油揚げのように
饗《もてな》しは深夜にも及ぶ、独酌も
ありと口説かれて、ひとり手水に反吐を吐く
酔ったねえ、雑食の年齢に樹木は達したね
樅の木立ちに舫う船団が
海面に遍《あまね》くスプロールしていく

火除《ひよ》けを不意に突き刺すなよ

ひとは外延に縺《もつ》れ込みやすい
見覚えのない内延を自《おの》ずから
吹き消そうと、母を傷つける

母の思い出の展《ひろ》がる漁港に
小舟は次々と寄せ集まる
眺めに立ち上がる勇気が減退して
悲痛のスクラムは子守唄に溶ける
野辺送りでもあるまいに俯《うつむ》いた行列は
下り坂に差し掛かり、水滴は
乾いた舌に吸い付いてゆく

欠乏するのは絶望、失意の居場所には
そろそろと東の空が明るんでくる
危言を使うなよ、真芯の未来、明るんだ
顔色にも紅涙は雨の飛沫
降られるな、

もう二度とは夏の幼な児の顳門《ひよめき》を
決して脈を看《と》られるな

太刀風は鋭く唸りをあげて
舌を狙う
スピーカーの音が爛《ただ》れた犬たちの
遠吠えを呼んでいる
立つたままで居る
　お知らせの文句が立ち消えるまで
　空模様は刹那の風を雨空に呼ぶ
次のゴングを待つている
コーナーで顔面のすべてで怯えながら

動物公園

暗転や沈黙を運命のせいにして
遥けし撃沈を目の当たりにして
海のような夜は閉じた
　一晩中濡れている鉄路や枕木は
　何時　睡るのだろうか
貨物列車の引き込み線に射す一条の
朝日の音が鳥の声に冴えわたつている

残しているだろうか、魂は唄を
いつまでも消えぬ首紐の傷跡をそつとなぞり
夢見と死を一緒くたにした
ふるい囲炉裏端の祖父の肩の震えを
見逃してくれたろうか、それが
あなたの父、刈柴を焚く青い煙の奥に

あなたは若い父と母を思い出したろうか
広い田の中を流れる畦《あぜ》川で鮒を釣る
小さな男の子は本当に私だつたのか
あまりに光にあふれていた
不自由で皮肉な光が今を包んでしまう
衝撃の舟を積み込んだ海に流れて
遠くの空で鳴る黒光りした雲を見通して
私はわたしたちの明るい卒倒や
暗い眩暈を社会のせいにして
貶めようとしてきた

子らと多摩動物公園へ出掛ける
催告書の日付や裁判所の出頭を逃れても
　遅くも明日中に終わらねばならない
地下鉄や電車の中でピストルを出す夢をみた
けれど人々は明るい沈黙を通すだろう

凍つた波を聞き逃すようにして
風の弾き語る偽りの便りに似て
静かな寝室にまで届く舟歌の迷いのような
あまりにも戯れの過ぎた小さな
ちいさな物語を読みたい
巨大な真実ではなくて、小さな

海を考えるように

なぜ考えているのか海を
　糸を引く東洋、幻をいなむ都
　　うるわしい肥沃
ずつと死んでいる人がいる
一度もこの世に生まれ出たことのない人
わたしはもう二度と想い出を喋らない

針の刺さつた熱暑
わたしはみにくい無風状態の悪臭を
こらえていた
　霊が降り注ぐような縄のごとき雨に
わたしの酒臭い体臭が湯気を立てていた
何を守ろうとしたのか
わたしは細い針の頭をつかんだまま

雨のきたる天頂を見上げて泣きはらしていた
　想い出をふり返らないといったばかりだ
腕を組むような憎しみだけが
わたしをして
架空の事件を喋らせている
　僕はあんな花火という「眼」が嫌いだ
水にぬかるむような神や仏やあなたの手の平のような
そんな濡れそぼつ橋桁のような
許しをわたしは乞わないとおもう
　海を考えるようにして白い膚《はだ》を忌み嫌っている
　日本人だ　わたしは

口のきけない武士が好きなのだ
わたし以外の血の苦しみが
こぼれたカレーライスのしみが
シャツの腹に残るように

　ぼくは母を呼んだ
だんだんと小さくなる声色の底で
そつと「一度も産まれなかつたなら・・・」と考える

わたしは、
小田急線の白い古ぼけた駅を想い出す
　わたしの妻になる不幸なひとを
　　迎えに・・・そこに狂おしい海はなく
誰にも喋らぬように
なげやりな秘密のように
わたしは唖《おし》のように振り返つている
やはり。

御《ご》供《くう》

手足を縛つた虫けら
　錆びたドラム缶の沈むコンクリート
　　白い水飛沫の向こう
わたしが垣間見たもののうち
綾取りをする
少女ふたりの影だけが残つた

わたしたちは嗤いながら見送つた
　固い鉄骨の下に埋まる人生を
　　嗤いながら弔つた
手を振つて涙をふり切つて
心を虫にしてしばらく佇んで終えた

汚い地上の汚い沼に湧いた

ヘドロ臭い泡を啜りながら不服従に
　牧場の朝を舐めるアルジイーター
結紮《けっさつ》バンドの回虫に似て
誂えた服が入らなくなつたとき
わたしの満腹は血を吐いて倒れた

虐げられる不可思議な無念
その後、不気味な徴兵にも応召して
　無惨なものすべてを人生に与えたのだ
鏡を無理に覗きこみ手を差し入れて
剣を拾つた悲しみは悪だと
暴力が吐露しはじめたときに、
わたしの陣痛は血まみれで解散した

滅霖

生きている、あるいは生きていたものが
　ちぎれる声が聞こえたから
　　水の煙の底に
　　　そつと自分の輪郭を棄てようとする
　　ひとの背中を看取ろうとしたが
　あのひとの墓は長く深く呼吸を切つた

醜いこのからだの古い形ちに
横たわつてきた
　口からは切り落とされた
指と・・・残された祈りが
言葉が醜く垂れ下がつている
　きみと共に誰が生きたか
　　誰がきみと滅びたか

私は何度もひとりきりで死んだ
　祈つて、贈り物を待ちわびて
　　ひとり狂い、朽ちてしんと
　　　傾いて崩折れて雨は降つた
ただ、あの日きみは確かに
「どれほど生きて私達は許されるのか」と
尋ねたのだ

　あれほどに強いきみの
　否定のパトスは
息も荒く、風の強い異国の高地に
黙した恩寵として降つてきたのか
　私にはなにもわからない　ただ
　きみの遺骸は強風で乾き
旗めくチベットでからからと吹かれ、今も
燠《おき》のごとく焼け続けると聞いた

煙る黒煙が眼に沁みる　弔うだけだ
　　たしかに同じものをこの眼で視た
　苦に伏して、きみの死原に祈る
産まれなかつた死を呼びつのる
東洋日本の　春の霖雨《りんう》の下で
骨が名を放ち、じつと寒かつた日

何も視えない古い形ちで、私は
「あれから何があつた」と問うきみの
　　雨のように盲いた耳に抱かれて
　　　そしてやつと粉々に　音に
　　　　壊れていく・・・

言霊矢《ことや》

その森にひとりである
樹が燃えて根が赤く溶けおちてゆくときが
静かである
　人間の始源に還り
始源にふりむく夜顔は、
死なない命の語り口なのだ
他人《ひと》の不幸や災いを聴いては
その、身の平安に蹲るのだ

思想が哲学となるために、眼に視えぬほどの
ちいさく有限な空間と、無限に停止した時間とが
必要なので、絵に
哲学はなく哲学へ入り口か
哲学から出口のみが描かれる

戦争を眺めていた私は骨よりも空《す》かした腹で
血しぶきを波うつて膨らんでいる
うたたねをする人に今、転《うた》た寝がある
積みあがつた石が無念を越えたところに春
の因縁は逆巻く
死出を厭わず待ち焦がれる人をこそ
いつ汲むも結果は同じ空井戸が待ちうけて
畏れる大地から天空へ立ち昇る狼煙《のろし》（咒《のろい》とは）
大海をはるばる流れ着いた土左衛門殿を
にやにやと出迎える腐つた浦人《うらびと》どもの
腥《なまぐさ》い嗤いで判ろうもの

氷か雪でも手に入らずか
これより腐るとなると異変《こと》だ
古法の領地にうらざびる脳半身
尿瓶　切るバッハの

音がからだを鎮めても、言葉は
　天へ放つた銛、いつの日かきつと
　　我が身を栖に突き貫ける柱となる
　　からだはいずれ暗いのだから
部屋の灯はまつ白く酷たらしい
あゝ、きつと地獄の潮位が、
錆びてゆく記憶のこと
めかくしの都会の夜をめくらが睡つている
あゝ、きつと死人《しびと》の黒枠状が、
崩れ落ちる土塊の忌みだ

そこ船のみなじきに問い詰められて眩《くら》んだもの
黒土の書、その語彙集《グロッサリイ》は鳴りつづく
このままで、
そのままで風の射る矢が聴こえているか

そのわけ

いいね、小鳥の問題、もんだいは深い
おのずから
自らの内へうちへと崩れ落ちてくる壁を
支えようとする孤立

放逐されたビルマを走り抜けて
歴史の問いが堅い
しずかな侍をひとり倒した
倒れ方も静かだった。侍は
六歳まで満州で育った
刀を下げて馬に乗った

地上を攻め上るとき雨の軍隊は無敵だった
いのちよ、いのちより深くまぶたを閉じて

復讐を胸に帰国したけものたち
四阿《あずまや》にて
煙草ふかす神々、はるか
ひと滴くの前線で国家が閉じた問いを
いまさらのように口遊め

一昼夜待ちわびた人々は死んだ
そのわけは聞かぬが良い
崩れ落ちるように死んだ内陸の人々の弔いに
旗は立てぬが良い
口遊んだ歌、ことりの問いは深い

盲空

視覚が意味するものを
無視したい、産まれつき
全盲の人の唄う詩、青空の白
　もう永遠に会えない人に
出す手紙、直観は必ず
肉体に先駆ける
　いま母は眼を終える
無数の絵の色彩が止まる

外側をもたぬ内側
が宇宙なら、日常は錆びたその表層
　古びた井戸の底、小さな
　水面に映る青
その貴さのために子は

井戸辺《いどべ》りの蔦《つた》・蔓《かずら》を払いてのち
その地を去る、その井戸が
その僅かな水底があなたを
今日まで待つたから
その白を、流れるために
掘られた井戸は待つたのだ
あなたを一度だけ生きようとして

片眼だけ、それもかすかな朧《おぼろ》から
ついには全盲へ閉じて
二月の凍る雨のなか
母の骨肉は焼かれた
冷えた車中で骨壺の入つた木箱は
妻の痩せた腿をほんの少し暖めて伝えた
さいごに灰となつた優しい「さよなら」を

空にはかたちがある、そこでは

どんなかたちも許される
どんな憎しみもどんな怒りも
どんな怨みもどんな絶望も
許されるそうだ
　悲しみも青ければ青いほど
流れて白く無念と別れる
空にかたちがあれば

夜《やい》刃《ば》

暗室で記憶を現像し続けるきみの
うなじに冷たい汗が垂れる
生涯の空はきみの背にかぶさる
　　裸体の缶詰を開封するとき
　真空に霊気が突き刺さる、あの
プシュウッという悲鳴を
きみと、きみの孤独な太陽は聞いていたか？
問い詰めるような土砂降りが極寒の路地を
叩きつける

紋服《もんぷく》に夜刃《やいば》を呑んで
口惜しい葬儀に傾《かし》いだ夜
「そうやって僕は壊れたし、
　そうやって君を見失った」

そんなことを古いノートに綴るわたしに、
　どんな孤独が突き刺さっていたのだろう

　　孤独死は大人の特権、かもしれないし
　不安な回顧は、自然との和解を
抗い難い調和を無理強いする
喨々と鳴り響く修験者の鈴の音《ね》
「瓶・缶・ペットボトル・燃やすごみ・・・・
老婆は人生を「燃えないごみ」に捨てて
去つた

あれはわたしの母か？
稲光りが、凛冽《りんれつ》な寒気の底で
土砂降りを裂き、ごみに
放火したいと、周辺で続けざまに落雷する
　絨毯爆撃のように火の手があがる
圧倒的に凄まじい火力

破れた母の人生の夢
これは昨夜のわたしの夢

マハトマ

ピストルのごとく古ぼけた水際で
肋骨の浮き出た老人が
蜘蛛の巣を祓い
　泥水を汲んでいる
汲んだ水をその身に掛けて何か
　祈つている
銃身のように痩せた陰茎が冷えて
　下がつている
老いた脊梁が歪に片側へ
　曲がつている

　病んだ暴力で打たれた背中を
不潔な水が流れおちる、と
足もとに虫のような悲しみが水溜る

「古いな」きみたちは石を右手に
　独りごちる
隻眼のきみたちには何も視えない
星も水も、この夜も視えず
老人の荒い吐息も視えない

古ぼけた泥水を撒き散らす
気の狂れた若者たちの狼藉の痕
　何十年も前の革命
坂を落ちていつた一ポンドの
股肉を追いかけて若者は
　水に落ちる
　沈む
古いピストルのごとく水際で
鉄片が光つていただけ

鏡と広場

鏡というものは何色だろう
　闇のなかで黒いのか
　誰に黒く視えたのか
　　何も映つていない鏡を
　　視たひとはいるのか

　　敗北は鏡に歌を沈める
わたしは歌でできているわけではないが
わたしの沈黙によつて軽蔑できるものを
さがしている
　　たとえば蛆《うじ》に喰い尽くされ
黄泉での死後を視られたイザナミ
イザナギの帰りを待ちわびる
無数の忌部《いむべ》ら・・・

にぎやかな災いの降るさなか
　いつわりはいつも排他的だ
決壊する空、そんな凶事を空想できるか
苦海《くがい》の底にはそんな
善きものが沈められている

疎外とは鏡でなく哲学的な普遍なのか
そこに正義が必要だとでも云うつもりか
　半夏生《はんげしょう》の葉が白く光る頃あなたは死んだ
　　葉の白さは花とともに消えていつた

　狂気は書かないのだそうだ
　さみしい笛の音色となつても
　馬鹿げたロバにだけはなるまいと
　書くことを停止するらしい
それもわかるな・・・

怖ろしさとは息の消息が断たれることだ
なにも起こらなかつたことにされた
広場を前に
わたしの背中に黒い悪寒が走つた
　　気味のわるい怖ろしさが
　猫のように泣いてついてくる
世界の終焉を視たものは
世界の何処に、何時《いつ》立つのだろう
　　　小さな誇りだけのファンファーレを耳で歌う
　　　　　　　　　　　　ひかりのなかのカミュ
　　　　　　　　　素足で立つ停止が砂に埋まる

自画像

俺の話を聞けよ、木下闇《こしたやみ》で
そらつとぼけた、ある男の話だ
夕やけが赤いころに聞けば済む
どうせまともには聞こえまい
　苦しみが風に吹かれてなぎ倒され
私への廃墟化を巨きく抉る
どんな制度にしろ苦しみはつきものだ
泣かれてもみよ、それは死んだ肉親の
　無恩の声とも聞こえるし
いずれこの身に虱《しらみ》つく
口裂けて、耳切られ、目玉おとして
総毛が抜けおちて病恩を詫びる羽目

亡くなつたひとの

ひとつずつの思い出が
その思い出の意味するものが
いま初めて溢れはじめる
氷のように冷たい頬に、額《ひたい》にふれて
「わかりましたよ」と心で呟きかけて
「そうかね」という返事が
聞こえたと思い違う
ふたつに別れて
その意味が閉じたのだろう
と、いうこと
別れても同じ返事だつた
と、いうこと
「さよなら」は二度と言えない

革命を信じなかつた同志、きみは絵描き
すべてを輪郭線で塗り分けたのに
その輪郭線が消えたとき、にじみでて

色と色との境が壊れて、何が創られ
　替りに何が古ぼけたのか、あれほど
物理的に無理だと、「詩」のなかに
「物理」的言語を濁《だく》々と沈めたきみよ
　深夜、テレビ画面の灰色の砂嵐を
　見つづけて沈思していたあの時を忘れて
「なんで死んだの」呟きを
　繰りかえすのは
　ただ
　　俺の倅《やつ》れはてた輪郭
　　聞こえない自画像

VI

ruin of a fire

爆音（スラヴ）

汗が
骨に貼りつく
熊蜂《くまんばち》が吠えるようなスラヴの爆音
　プレンツラウアーベルク地区は空爆を
　免れたと聞く
どろりとした闇を置去りにして
ソ連兵を撃ち殺したアウグステ・ニッケルは
何故、瓦礫のひとを探すのか

パリは燃えているか
ベルリンは晴れているか
詩人だろう、ヤセンスキーよ、
どうして人が人を殺してはいけないのか
そんな愚問に根拠はない

「誰も殺されるのは嫌だから？」、でも
殺すのは大好き
かもしれないし、矛盾さえしない
私だつて殺したいひとがいるさ

この世界での善悪を論ずるのだ
あくまでも善と悪を語るのだよ、詩人は
　そのどちらでもないものなど
　　語る意味もない
ゴミのような骨を灰にして吹くのだ

こころを千切りながら
　肺を引き裂きながら
　　善悪が排他する肉食を吐く
誰かに問いかけるでもなく
自らと自己が一体となつて問われて
　狂つている

しょせん人間の底はみな割れているのだ
声を潜めて「アウグステ・・・」
爆音が降る
灰にして吹く
ころしたいひとを
引き裂きながら喝采のポーランドを
　　　捨てた詩人よ、命令は匍匐《ほふく》
前進
空爆のなかをベルリン　にて。

＊以下の著作等からの引用・直截の喚起もあり。
『パリは燃えているか』米・仏合作映画
またはＮＨＫドキュメンタリー『映像の世紀』メイン テーマ曲　加古隆・作
深緑野分『ベルリンは晴れているか』。アウグステ・ニッケルという少女がその主人公
ブルーノ・ヤセンスキー『パリを焼く』
以上

肉体の左翼

巧みとはこれに陶酔する狂気にもよる
イデオロギーの濃淡を謂うときの自己の仕事には
隠喩的な意味での無意識という二極性が
呑みこまれている

言語を死産児と扱うディスクールに於いて
象徴の構造がその想定された世界を
救出するなどというストーリーはなべて
火を得る人＝プロメテウスに記号化される

精神に漂出する、深く入りこみすぎた快楽が
場所《フォワイエ》を得てこそマルクスは主義の
症候群となり得る
　祈りは射精あるいは火に応答されるように

メタな言語は必ず
実証されぬまま神話の二重素と化してしまう

憐れむべき、嘆きのシンフォニー
予約表のように埋つてゆく
経験的な面接の予定、長すぎる長椅子に
羅列的に睡つてゆく人の波で
封じ込められてやがて動けなくなる

分析が方向を誤つたとき、石庭の構造は
学問と心霊とに分割される
パロールでも仮説でもない連鎖への遡及が
わたしにはもとより白紙と映る
圧縮された現実が、必ずしも肉体の
標識を持つとは限らない

死体のような録音テープの渦巻きになつて

火を盗む蝶となつて
煙ともなつて「単独的な経験」の教育を
祈りの奥へ押し戻すデモ隊を見た
その人々の渦巻きの旗は
ヒトラーの第一歩を踏み出す
黒旗ではなかつたか、実証は右へ
心理的砲弾を少しずつ並べ始めている

和《なご》し

波間に砕け散る邂逅の欠片を
ひとつひとつ拾い集める者など
いよう筈もない、人々は
笑顔でくるくると廻りながら
突然に死を叩きつけられるのだ
美しい宿痾《しゅくあ》にしだいに取り込まれながら
長い伝説に変ってゆく短い生命よ
脈拍から剥離《はが》される魂よ、何処へ
刺し違えるのか

「夏越《なごし》の祓《はらえ》までは保《も》つまいよ」
心無い叔父の聞き取れぬかに淋しい独白
聞こえぬかに母は
見えぬ眼で父の

夏物の衣着をさがし始める

火葬の丘に辿りつければ其処からは
海も松原も臨める
あの物語のことではない
認知のひと握りが再び灯る
苦しみの生きたいという無明である

返答のなかつた問い
問い続けた苦悶を暗くする宵闇に
眩《くら》む真水をひと浴びしては
蝉の啼きむしるような木下闇《こしたやみ》を
耳を塞ぎ走り抜けてきた夫婦ふたり
眉根によせたびしょ濡れの眼玉を
火葬の丘に置いてきたふたり

火だるまの母に追い縋《すが》られて、耳を

眼を塞ぎ、びしょ濡れで詫びる
あわよくば母の
燃え尽くす火玉を消そうかとしている
焼け爛れた母を生き返らそうかと迷い
身の毛が弥立《よだ》つふたり

黒き軍《ぐん》

貝を割つてみる
石で割れるまで割つてみる
砕けると無惨で醜い中身が、まるで
己の脳髄に見える

淋しさはエステルの耳を脅《おびや》かした
神の「われわれ」が呟いた
限界なき自由を死ね、と
　遥かな砂の国からも、命令は
　厳しく日を空けず届く
　その娘《こ》を殺し、耳を送れ
　砂の王は待ち焦がれておられる

手段を保て、主義の睡眠を待て

逆反《さかぞ》る弓ども、侍が水無伏《みなふ》す月には兵を出すな
そのかみの不具《かたわ》の王の謂《いわ》れを忘れるな
水無月に鳥の万軍をふり切れず眼を刳《く》り貫《ぬ》かれし主を

美しい夕焼けの沙漠にも髑髏《どくろ》の旗は
吹かれ靡《なび》く、天の陽よ
エステルの姿かたちを、この地上より欺け
倦んだ烟《けむり》の如く、種も無い
花々と声なき女たちはあの娘《こ》を愛すから

盲目の王は待ち焦がれておられる
その娘《こ》を殺し、耳を送れ
文月、偽命の文《ふみ》を送る
亡きエステルの耳を証《あ》かす、と

黒き兵どもよ、さあ起て
異様に長いその手足を伸ばし嘴《さと》を研ぎ

漆黒の大翼を開《ひろ》げよ
砂の王に、割れた貝の身々《みみ》を贈れ
畏れよ、エステルは自らの耳を焼いた

下駄箱

人骨を見縊《みくび》るなよ
焼け焦げた魂は揺るぎない
　速やかに花群れの流れ去る幻影に
　　亡びにはまだ焦げた匂いがつき従う気配だ

貨物船を下りたとき、俺はふりかえる首を見た
肝晒《きもざら》しにあつた夜は、ふと明ける星の破滅か
　ひとは何故、記号に従軍するのか
　　血の畑に埋まる銀貨を売りに出すためか

＊

土砂降りに洗われて遂に
地上を見た人骨を嘲るな
　砒素の悲しみと享年の無慈悲が
輝いて、呪いを唱《とな》えている

混じり気のない満蒙楽土に
静寂《しじま》を破る戦火を注いで
説得される覚えもなき異存を
申し立てる足跡には、まだ
殺生の呼気が荒く息遣《いきづ》いていた

もつと北
震えあがる冱寒《ごかん》の日々
人骨が鬼哭する海港《うみみなと》にあなたの
義歯は戦慄《わなな》いている

乞喰《こつじき》に下駄箱を買つてやつたか
その歯科医はもう亡くなり
疑獄は煉獄へと続くであろうことを憂えて
　夜を薄く剥いだランセット一本を
　　何処に置き忘れたのだろうかと憂えている

＊フェリックス・ガタリ『人はなぜ記号に従属するのか』

シャワー室

一切の形而上学に音楽性を唄いとる
全くの無機からの理論にも
人間は必ず音と脈拍をのせてしまうから
それを剥離するエクリチュールに
形而上論は崩れ墜ちる

約束の思想は必ず放火され
焼け落ちるから、絶えず水を欲する
暗号の廃墟を訪《おとな》うものに
焼け落ちる前に息をひと吹き
残したいから

損なつたもの、報告された傷跡でも
過ぎ去つても文字は消えない

あなたの腕の番号、あなたが何処へ消えたにしても
どうしてもミイラの自署《サイン》がほしいのだ

　万人の生死の公約数を
ひねりつぶし、殺すのに
それ自身がテキストの自筆、出来事に
サインがあれば転げ落ちたオブジェ同様
見捨てることができる、砕くことができる

　腕に番号を焼いた鈍い痛み
　肩を伝う焼煙を見て
「そんなこともあつたな」と思うとき
ひとはその恨みを流し去るが
流してはいけないことがあつたのだ
忘れればもうそれであなたの署名性が
汚水の底に沈む
　廃棄物処理車の圧搾音が砕け散る

鐘音の如く激しく響く

時間の位置など測定できない
それはすでに空間の仕事、比喩の中には
本当の時間など流れない
形而下のもの、譬《たと》えば水が
看取るだろう

焚祀

自らの心の海面《うなも》を
　引き剥がすように虐殺の旗を
自らの憤怒の幼年に向けて
　号砲のように揚げるその朝
群衆の
鈍色《にびいろ》の喝采はただ
逆撫でに叩き潰せ、きみよ

　大戦の後はいつでも
風と人々の呻きがその上空で
相乗に効果しあい
祀《まつ》りは開始される
　この祀りから一体どこまで
ぼくらの祈りは重なりゆくのか

深い真夏の群れに踏まれて
魂の罅《ほろ》びも歪み
身を剥ぐ痛みに立てこもり続ける
頑なこの街の空を叩き
　きみは待つように抱かれて
　　何をなくしたいのか

顫える眼から邪悪に
究極の発情期を迎えて深く
世の中にせめぎあう無法の情念、なのに
ここへは悲しげに
無人タクシーばかりが乗り付ける

ぼくはただ
きみにだけは手を振れる
背後より戦歌を虚ろに耳にし
きみだけがぼくの手のひらに

釘穴を穿《あ》けるために武装している

いつか悲惨な産声に
神なる気高い観念もが
うち顫《ふる》え怯える重たい夜半
弾道がぼくの手の座標軸を
撃ち抜く、それと同時に
きみも

ぼくの右手が木製の義手と知るだろう

発生《はっしょう》の音に殴られることに
何処まで真実、耐えうるだろうか
今夜こそ「神」が起こる！
陽が沈む毎にきみは
そう想い
果てのない曖昧を思想するが
大戦の後というものは

そういった破綻はただ
ひたすら届かぬ咆哮ばかりで満ちるものだ
最早、討つあてもないかたきやあだを
　空砲の砲座がひとつ
　陰惨な国家がひとつ
袋の、内部に耐えているのだ

戦いの幕が閉じても
何ひとつ知らず数千行の詩句は
それ自体が祀《まつ》りの如く汽笛にたなびき
冷んやりとした線路に首、横たえる
きみの照準器の中身は玉砕を恋う
ともに祀られ
ともに氓びるためにきみは
「不思議な街ですねえ」と問いかける
ぼくも「そうですねえ」と答えるが
もう、そんな無意味さは要らない

ぼくらはみんなして死ねばよいのだ
「サイパン」とはいったい何か？
そんな島嶼《とうしょ》をぼくは断じて知らぬ。

木箱の骸《むくろ》

大きな木箱のようなものが流れてきます
終わりだけが終わつたかのような
そこには何もなかつたかのような
終わりがきます
何もないところをあけ渡すのです
まちがいが数十年そこに居たのだから
尻を出した僧侶もかなりいたので
互いの息をなめあいながら殺されました。
あつい夏、サボテンの咲く夜
泪はあなたを視て、呟く
あわれな「国」をもう棄てるんだと、
泣きながら、なぜできないのだと、
愚図《ぐず》る

僕は自分の生まれた家が焼け落ちたので
もう帰れなくなつた
「放火」らしいから僕のせいじゃない
あゝ、難民に尊厳を
自由になれる労働を・・・下さい。
民主的金儲けなんて鬼畜の飼い主
給与こそが搾取の太つた利子
獣がひとの地獄を見て考えたのだ
この地獄を生き延べて伝えたのだ
何十倍の絶えた人々を礎にこれは残つた
悪魔・・・内向きは「無知」だと侮り
外を向き閉口して息絶えた馬鹿も多い
夏に流れ去つた木箱を伝えてはいけない

降り口は必ず有つて、かならずいつか降ろされる
グリュネバルトの受難からアウシュビッツへ
人間を写したければ、けものを吐いてから

にすればよい　秋になり、そんな頃
僕を積んだ貨車はなにかを轢いて
停車する。

Ⅶ　此岸から

輪《わ》斬《ぎ》りの朝

その朝に卑しい確信を抱いただけだ
架ける相手もない携帯電話に
「消えたい」と呟く
電源を入れる、誰かに伝わつた気がする
それも決して知られたくない「もの」に

きみもそうだろう?
言葉には出る言葉、出られぬ言葉とがある
怖ろしきは出ぬもの
苦い雫にぬれた言葉が急な坂を
　　　　転げ落ちてゆく
　　　運命は晴れ間なくふり積もる
苦しみや後悔を置き去りのまま、ひとは
　旅立つが、とり残された記憶が

一入《ひとしお》に晴れることはない

安楽の駕籠《かご》に乗つていく、悔いが夜刃《やいば》を
引くわけもなく、その朝　窃《ひそ》かに
巨石が滑りゆく、その路傍にて
自己は此処に住まう、と誰もが知るように
介錯の仕儀は頸根《くびね》の輪《わ》斬《ぎ》りにある

きみはよくも狂気と言つたり書いたりもするが
ほんものの狂気の座敷のど真ん中で
独り、げらげらと笑いつづけた恐怖が
きみにほんとうに書けるのか
それからもぼくはただ真つ白なグロテスクを
キーボードに叩きつづけた

ぼくは自分が死ぬ刻は判る
これから死にに出かけるわけか、と

その朝、思うだろう
襟首の汗を拭き
そんなふうに終えたいと願う
判っていたい、必ず判る気がする
必ずそんな朝が来る
ぼくが死ぬ日がくる

人払

ひとは人間の終わりを視た時、初めて
時間に附刻された度盛《めも》りを読める

碁石通りに出る空つ風が斬りつけてくる
あいつを何とかしてくれ
殺つちまつてもかまわないから
荒んだいのちが坂を転げ堕ちる
嘗《な》められたような気がする
軽く値切られたような見下すような
紅葉すべてが山ごと風にゆれている

母親が死んだ日にな、
俺は俺が、この此岸にまだ生きてる
理由の半分を喪《な》くしたと感じたよ

世界が、「世界」をもう熄《や》めようとしている
とまでは言わないが

陽は天を焦がしていた
想像と統合は振動あるいは発散にも
統覚を保つから
死者の数がこのプラネットで一澗《いっかん》を超えれば
一兆の一兆倍の一兆倍数の息が
墓穴から這い出す日がいずれは来るのだ

水霧《みずぎ》らふ、港に、ときに狂気が眼に走る
牙の先に嘲笑が垂れる
緑鳩《あおばと》は海水を呑むという
呑めば魘《うな》されるのか
俯《うつむ》く嘴から塩水が垂れる
縛《いまし》めはもう吐きだしたか

西暦の先に人間は亡ぶが
その後も時間は続く
この世界に動くものが何ひとつ
無くなつたとしても其処に
時は流れている
と、断言する。

夏の収容

ぼくが決して流れ去ることのない
夏に囚《とら》われたのであつたなら
　きみの言うとおり
あるいは思いもよらぬひとの恩義さえも
丸くおさまる頃合もあつたろう

通りすがる、またそれさえが鉄格子の窓なら
　方位を巡る灼熱や
　　柱のような煉獄から
　　　海を、また忘れて夜を
　　　　何処までもよどむ苦悩を
　　　　　逡巡するかに貧窮は
　　　　　　或る地域に於ける私の
むきだしの納得が終えられた姿でもあつた

体験は日々毎日の風物に
まるで寝込むかのように丸く
ひしゃげて、ただ真夏の
覚醒の寒さをばかり
纏《まと》つていた

風は一息に感性を
死にあとわずか、足らぬ極限にまで
吹きよせて海に追われ
息はただ丸く
私の溜息のような記憶をばかり
宙にまいた

苦悩の知らせは嫌になるほど
私たちに届くが苦悩は
それそのものは一切れも送られてこない

私は死ねない、そして
死ねなくもないのだろうが
寒さは自らが夏であつて
自らが熱した世界の灼熱を
拒絶しようとしたのだと、今はわかる

私を収容して
生き延びた者はまず
顔に傷を負つて足の裏に血を流せ、そして
その生命《いのち》の恩義に免じても
ビルケナウのユダヤ人でもないかぎり
決して密着しては死ぬな
思いもよらず現れた旅に、自らの
短い寝台を決して手放すな
ただ略奪をのみ怖れ、熱を
ただ逃れて眠ることだ、疑問と
その問いを止《よ》すことだ、誰に対しても

雨

浜辺では烏《からす》が群れて
腹を空かして濡れ哭《な》く
はずれていく車輪を傾くように
忘れていく子供の名を苦しむように
ひとは並木桜のようには切られない
雨の叩く過去の底を
虚はいつも後ろを随いてきていた

わたくしは世界史を終えていた
寿《ことほ》ぎの喉から胃へ落ちるより先に
希望を切られる訳にはいかないから
朝の今日いちにちというのは
どしゃぶりであろうとも
黒い石のような悔い

鬱の塔を信じていると云つた男が
今日まさに帰つてくるから
　杭を食つた虚をしきりに
　　引抜こうと諸人急ぐが　ふと
　　　尋ねるとひとは、雨だと答えた

不愉快な問いよりも
遅れた災いの方がわたしに
勇気の残りのような点骨を落とす
裏切りを証して天に帰る今日こそ
そのままの朝を腹を空かして
　眠るさまに、五十年の獄門をただ
切られるつもりはないから、聞くと
　ひとはこの
　悲しみを、雨だと答えた

縷々《るる》よ

泣きつづける縷々《るる》の
　その黒い腹の底へ
　　重い鉄塊をそつと沈めてやるとき
なぐさめは私たちの汚れた掌に
螢のようにホッと灯る

縷々よ、生きてはいない縷々よ
　おまえの不幸をそつくり命とともに
刈りとつてやつただけだ
亡くなると人はきつと
いくつもの悔いを残すのだ
　ともに生き会えたひとの胸に
　　自分自身の深い胆臓《たんぞう》にルンゲを

おばあちゃんが呉れた生姜、それに
母よ、あなたにも月の寒い夜があつた
のしかかる寒さの底であなたも神を祈つたか
　母は私の一部だと思つたが
　亡くなつてみて別の人とわかる
「神は永遠の汝である」だと

＊

　巨きな思想を倒そうとするとき
　私には二本しか脚がない、と
　犬にまで嗤われた
いくどもいくども、もう手遅れだと
つぶやき、抗いつづけた一生を
　ほとぼりは埋めた、けれど静まなかつた
うるさぎはみつどおりに口裂《くちさ》けたけれど
忘れ老いたる物謂《ものい》いを傾《かし》げ
死んだかぶりの海の深く、ヘリウム機械は
ねぐるしい夢がそのまま現実で

生身の私は眠りまま死んでいる

なかみのない壺になりたい
ひとでなくなりたい、本礼《ほんれい》の
地、静まる犬牛の叫び散る星空
引きしぼつた弓月の撓《しな》り、晴れあがる
だろう翌朝、惑いつつも鳴らされる鐘明の
開きに蔓延《はびこ》る愚殿《ぐでん》なるなら
　養おうとも、はや背負えぬ母の
　骨の痩身、おゝ　　縷々よ
鉄格子を掴む人々の後ろから
骸骨が一體、　　舟はまだか

*「神は永遠の汝である」マルティン・ブーバー

不自然

対角線は記憶できない
産まれながらの盲者の
義眼のごとくに臓腑《はらわた》は煮えきらぬ
背に翳す傘のしたで
呻き泣く男たちに耀《かがよ》う栄喜
鏖殺《おうさつ》される日の小さな咳嗽《がいそう》
だけを掠めとつて
破落戸《ならずもの》たちは鉈で草木を従えたが
生命を抛《なげう》つ谺は響くことなく
雨夜に游ぐ口訣《こうけつ》を幾世も
何代にもわたり死んでいただけ

黄色い薔薇が水に落ちる姿を
世界に一本つけ加えるときに

フーゴ・エスタコはひとを満たす不自然
　ということに思い至る
人間は死ぬまで未完成なのだが
謂わば「死んでも」未完であり
フーゴは地獄から救い出されても
銀色に狐のように未遂だつた

彼が思い当たる限り、ひとは
何を狂つて終結を望むのか
我々の思想が底辺からの火であつた限り
ガラスの雨の下を走り抜ける勇気が
萎むこともなかつた筈だ
　押し止められた自死と虐げられた労働とを
　比較した書物こそ間違つている
捩じこまれた不屈は希死の念慮から
育つたのではない、迫害の板敷に生えた
茸のような憎悪が生い茂つたのでもない

不確定な漁に出るひとの不安を
旗に掲げた苦しみがフーゴの
不慮の死と自死を別けたものだ
　帰つてこなかつた漁師の、暗くて
憤る眼が闇を薔薇に垂らすのだ
不漁の朝に意味された一族の飢餓と
　自らの逃亡を俯《うつむ》く
　　古びた愛情が閉じ込めた中世

慙《ざん》羞《しゅう》

貧困の経験が、このような言語の彼方に於いて
当為として見い出すのは、社会本能という
飢えた全体主義である
無意識と云えど本能は必ず
散村の荒れ地から芽吹くのであり
飽食の海に戻ろうとする飢えを
尻尾のように生やしていると
見極めることだ

われわれが暴力によつて示すのは
現実的な神話の借用への支持であり
この定義は、話された主体が
組み立て易い仮定だけに美しい、つまり
暴力が主体的革命を

害するところの用心深さとは矛盾しない
むしろ、労農者による独裁が長く世界に
　発現する為の乾いた理由とさえなる

文字という意味を解くにも
解剖学的失語症は
主に二つの面から意味の欠損を補填する
　力なき暴力、そしてもうひとつ
　民主主義的な独裁
これらはある面
旧体制の亡霊の如く見下されるが、また
この運動力から生まれる
固有の境界線が、自由に正に無意識に
かつ反語的に貧困の
民主主義を踏み抜くことさえ
ありうるのだ

黒い十字の板が立ち並ぶ森で
一晩中、頭上からぶら下がる飢えを
二晩も三晩も耐えてみるといい
　永久の貧困という強制された夢のなかで
　将来とやらを考えてみればわかる
これは塀のなかで考えた自分の明日と
その何処が異なるだろう

夙川《しゅくがわ》の六甲山系
　駅から桜堰に降りて、何をしに
　　こんなところまで、と吹雪のような
　　　雨のような風舞いを見上げる
大きくならない廃児《はいじ》のように
羊を追いながら、死なないおじいちゃんに
養われ続けていく、のが夢だろうか

定義と希望

生きたものを定義する心の滲みはまた
死んだものを生きたものの鏡面として
定義する
死んだものを、定義され滅びたものと
して沈めるのは悲形の起紀である
この死んだものは紀のレジームにより
生命の場所から滅び、滅ぼされたものと
定義される

走り廻る国家装置は樹木を伐採し
ミルプラトーはリゾームを前世紀同様に
樹木の下部構造として抑圧し始める
リゾームは既に上部を構成せず
もはや土中の網にすぎない

重力が二十三度ほど、右へ傾いた部屋の中央
　円筒型の空間に傾いた重心が
　　それでもまぎれもなく足を地の底へ
　　　引き込もうとする

　　　十四の歳から壊れ始めた脳が
　後《のち》四十余年経てもまだ幽か動いている
私はある私有の思考に
内在する、あるいはその真空領域に
重《おも》さなく吹いてきた現前を慫動《しょうどう》と呼ぶ

私以外の世界に
人間の起源以前の定義がひとつ残されている
私は私自身の言葉を殺したのだから
　その沈黙の責任を私自身とらねばならぬ
　言葉の死んだ世界であるから
その沈黙自体が死ぬことを免れぬだろう

私以上の慫動、私以外の終末が既に
発現しているのだ
　私は言葉より以前に沈むことになろう
　必ず「希望」を残すために

必要なのは、慫動とは思考に内在する
単純な重量の現前、あるいは夢幻性に
吐き出された不可能性ではないと
証言することだ
　世界に与える慫動は、新たな
　そしてただ、無重力に傾く滅頽の現前である

太陽　切り離された首よ*

ジグザグの水筒の水に喉を傷つけられ
水の履く沓《くつ》を履き、左折も右折もわからぬ
路面電車に掴まつていた
監獄の石の床に裸の「十五番」ギヨーム・・・

石垣の切れ目から滝の底へ
深くふかく旧式の戦艦が沈んでゆく
ゆつくりと狂つていく鴎《かもめ》たちが
椅子の脚を噛んで泪ぐんだ

死は生きている人間が勝手に空想するものだ
死が自らについて考えた、あるいは語つた
という記録は残されていない
けれど死は、死について何も考えないと

誰にも証明されてはいない
　空想の形は当然、所与のものではない
あろうとした都市が滅びる夜《ソドム》のざわめきです、と
神託のごとく告げた歯には
まだ噛んだ椅子の切端しが挟まつている

わが娘《こ》の顔を焼く、美という戦端を拡散
されぬように焼いた、という弁明・・・
さぞ美しかつただろう
　地下の湧水に人知れず射し込んだ陽光
薄明《はくめい》のごとく美しかつたのだろう

＊題はギヨーム・アポリネール「Ｚｏｎｅ（場末・地帯）」より

沈む海

巨大な翼がぐつすりと眠りこんでいる
　暗黙には暗黙の、霧には霧の
　　儀礼がある
　　　呑みこみそうになつた飴玉のように
　　嗚咽した夕陽《せきよう》に泪が
たつぷりと膨らんで悔いている
目を閉じ耳を塞いだまま沈んでゆく海

明日なら不意討ちを叩くように
　夜が明ける
廻り道をして親を見失つた孤児の不運を
見渡すような断崖に、真つ逆さまの娘が
落ち続けている
　晴れているか、野外は？　骨前に

落ちきつた暑い夏陽を呼び戻す遠吠え
ある犬よ、ふと架かる電話の声に
悲鳴を注《つ》ぎ足せ
　　神は憑いてくる

おいで鳥髪《とりかみ》の地に神、集いてただに夕暮を
待つている、茶を飲めば茶を、
飯喰えば飯、石の竹が鳴る音を
正義とも聞くな、考えるな海を　死後を。

自死が

地獄の土から、沁みこんだ血を搾り取ると
男は汚物袋に集めたそれを
腰に提げて持ち去つた
　悲しい酒が夜ごと呑み続けられて
　絶望は男の脳裏を黒く
　塗り潰した。　ひろく
　遠い声が喚《わめ》いた、森の上
社《やしろ》をかすめて冷たい音が降り注いだ

そののち、五億と四年目にして私の声は
消えるだろう、それまでは
　囚人でも人夫でもない暗い四隅を
　　女たちは掘り続けるのだ
　　耳の島を聴きながら

耳を釣り上げる針の痛みと軋《きし》みを
古く渦巻く暗いスクリーンを巻き上げながら
唄うだろう

此処が何処だかわからぬように書いてある詩《うた》
でなければ一切信用に値しない
　実在の照らした苦しみは
もはやひとつの情熱にすぎないのだ
自殺がどれだけ情熱的か、を
酔い醒めてわかつた女が幾人かは
此の世にまだ生きている

　　　　裸にはならぬ、闇の底では。
　煌々と照らしてくれ、われらが全裸を
森の社《やしろ》にこもり睦言を交わすだけの智恵が
　　あれほど遠い年月を越えて
　女の自死を跨いでゆくとは信じがたい

呪いの樹の葉裏を寿ぐかに真昼から
めでたい酒を呑む男の
脳裏を黒く埋《うず》めたもの。
　声だ・・・降り注ぐ声が風呂場から
暗い間取りを踏み越えてくる
裸の自死が乗りこんでくる

死と意味、その未了、そして詩へ（あとがきにかえて）

このたび書肆梓より私の初めての詩集を出版いただけることを、心より嬉しく思い、そのために生き延びたとしか思えぬ私の六十余年の人生を、見捨てずに支えてくれた家族に、何より感謝したい。

また実現へ向けて惜しみなく支援いただいた書肆梓の小山伸二氏、編集に誠に長らくご尽力をいただいた清水美穂子氏、並びに異彩溢れる装幀で本書を引き立てていただいた福井邦人氏らの、心温まる励ましとご協力にも心より感謝したい。

さて、振り返れば何故、私は詩など書くようになったのか。

少年の頃の私は、ヘルマン・ヘッセ『車輪の下』の主人公ハンスをなぞるような身の上を辿り、もはや自死することのみを思い詰めていた。同じ境遇にあった異郷の友を、十四歳で先に見送ったことも悲痛だった。そのことが私に詩を書かせた最大の理由であったことは否定できない。そして「詩」はそんな私をますます自滅へと追い詰めていった。

そのころより、「晦渋」、「意味不明」と誹《そし》られながらも、ただ信ずるところを書き連ねてきた。もとより判らないことを書いているし、判らないからこそ書いてきたのだ。そして「詩」とは、読んで判る部分よりも、判らない部分にこそ、その詩人の異形《いぎょう》が潜んでいる。

中年に至り極度の強迫性障害を伴う鬱病を発症し、真っ暗な自室に、寝具にくるまって長く閉じ籠もることになった。「発狂」という恐怖を幾度も噛みしめるうち、思い余ってそれまでに書いた詩篇を残らず廃棄した。死は常に身近にあって、いつ何時でも踏み越えられる異界だった。そのときに思ったのが、「詩」は目的ではない、手段である、ということ。「詩」はあくまで義務として書かれた。私の死が永遠の義務であるのと同様のことだ。「詩」を書くために生きる必要などない。

ハイデガーはその著書『存在と時間』で、死は最極限の未了であり、対してひとはただ、（神秘的に）先駆的了解を得るのみである、と喝破した。

「死」とは「時間」であり常に「未来」である。「死」が「現在」ましてや「過去」であるものはいない。「死」を「現在」に読み解こうとするところに誤謬が育つ。「死」とは「時間」を手放すことであり、肉体と意識の消滅である。意識の灯が消えれば、すべての記憶とともに家族・友人との思い出も失われ、人間は再び産まれる前の無に、宇宙の闇に消えてゆく。人間はこれが恐ろしくて堪らないのだ。

しかしその「意味」を恐れずに。「意味とは習慣の変化である」とチャールズ・サンダース・パースは述べたが、つまり「意味」も「死」も、恐れるほどのものではない。

「詩」は、精神の内陸地から海へ向けて吹く風のようだ。大陸から空と海の境界線は見えない。水平線という了解はただ逃げてゆくばかりで、ひとに囚われることなどない。世界は存在しない、と言う者もある（マルクス・ガブリエル『なぜ世界は存在しないのか』）。「無限」のなかをただ、「有限」が永遠に行く。

海と大陸との拮抗、きみが意味を怖れることなく、永遠を戦う有限であることを願う。

そこには無限に繰り返された四十七億年の永遠が、ただ只管《ひたすら》に打ち寄せるばかりだ。

すでに深夜三時半、雨は止む気配もなく風も強まった。暗闇の底で四時に起床、そしてまた今日の労働が始まる。昨夜干して乾いた傘が、今朝もまた必須のようだ。腕も肩も古い車輪のように重い。肉体はただ、何かが苦痛に歪むために設《しつら》えられた鎧兜《よろいかぶと》である。絶え間なく鎮痛剤を飲み下す夜明け前、此処に擱筆する。

二〇二一年三月

山内聖一郎

四つ足 16,160
四つんばい 134
夜伽ぐ 62
ヨハネ 112
深更 121
黄泉 256
鐙兜 107

ら

ランセット 283

離岸流 119
陸稲 111
リゾーム 326
リャド（トレンツ） 208
霖雨 94,238
臨界 125
輪郭線 261
りんご 112

類 64
縲絏 212
流謫の身 92
ルチリオ 160
ルチリオ・ヴァニーニ 161
縷々 314
ルンゲ 314

隷属 93
レジーム 326

牢獄 71,191,201
老女 104
蝋燭 84
労働 138,142,178,187,295,319
ローリン・アンド・タンブリン 115
録音テープ 271
６時 158
路線バス 89
六甲山系 324
ロバ 257
驢馬 154
ロベール・デスノス 193
ロボット 206

わ

わかりましたよ 261
腋 162
腋毛 22
輪斬り 301
和紙 42
渡り廊下 14
罠 61
破れ鐘 65

※この索引は、見てのとおり非常に恣意的な語彙の選別で成り立つ。
選んだ言葉は、彼岸の呻きと、此岸の嘆きが、互いに呼び合う木霊でも聴こえたのだろうか。

詩題、章題については本文との混乱を避けるべく除外した。また、同一作品内で繰り返される語彙は、初出ページのみを表記した。

勿論、詩人が自作に索引を付すなど自殺行為であるのは承知だが、何かが私に、まるで嬰児殺しのような乱行を唆したのも事実である。

不見識をお許し願いたい。（作者）

万力　160

右足　138
湖　93
水甕　107
みづさかづき　18
水差し　80
見世物小屋　122
水俣病　166
蓑虫　106
耳　332,335
蚯蚓　79,154
耳朶　57
耳の島　334
耳を送れ　278
身々を贈れ　280
脈拍　274,284
都　102,110,230
ミルプラトー　326
民族　69,134

無恩　260
麦　170,205
無重力　328
筵の園　170
筵旗　49
無人　125
無駄飯　167
無念　66,198,235,241,248

迷宮　132
迷妄　136
めかくし　242
めくら　242
盲いた　86,214,238
飯粒　175
メス　164
メタ　271
眼玉　31,275
面会　20

盲者　318
亡者　44
盲人　40,215
妄念　133
盲目　71
盲目の王　279
燃えないごみ　251
藻海　118
黙示録　158
土竜　161
物語　121,228,275
模倣　128
紅絹　98
銛　242
モンク（セロニアス）　18
紋服　250

や

矢　44,242
夜刃　250,301
やおよろずの神　141
社　62,334
ヤセンスキー　266
宿無し　68
矢羽根　44
闇風　172

遊園地　118
ユジノ・サハリンスク　181
ユダヤ人　310
弓月　316
百合根　218

羊水面　188
ヨーロッパ言語　219
預言　66,112,187
よだれ　187

普遍	98,257
普遍的	204
不眠	132
プラカード	118
プラトン	75
プラネット	305
ブランコ	200
フリオ・リャマサーレス	221
振り子	30,163
ブルーノ・ヤセンスキー	269
故郷	197
古時計	39
プレンツラウアーベルク地区	266
ブロック塀	141
風呂場	42,336
プロメテウス	270
プロレタリアート	157,204
プロレタリア病院	219
腑分け	115
屁	86
兵	279
平安	10,174,240
兵士	38
ヘゲモニー	157
ペットボトル	251
ペラペラと	160
ヘリウム機械	315
ベルクソン	214
ベルリン	266
ベルリンは晴れているか	269
便器	61
ベンチ	165
偏微分	40
帆	112
ボイラ	163
放火	27,251,284,295
砲撃	210
亡日	122
放射線治療	18
法主	121
繃帯	39
砲弾	196,272
詩(ポエジー)	61
墓苑	54
ホーム	95
ポーランド	268
墓石	93,96,181
蛍	26
螢	314
ポツダム宣言	63
ほとけ	175
仏	111,141,231
佛	85,88
骨	56,74,89,92,102,181,206,209,238,241,266,316
骨の灰	114
骨森	72
匍匐	22,268
ポプラ	60
ポル・ポト	187

ま

まいなす	114
孫	119
魔人	79
待合室	191
マディ・ウォーターズ	115
俎板	40,200
繭	106
毬	40
マリア	163
マリアナ海溝	34
マルクス	270
マルティン・ブーバー	317
満州	244
マンホール	97

母	49,66,71,94,111,148,160,222,227,232,246,251,274,315
母親	304
ばば	111
浜豌豆	133
葉むろ	106
バラ	58
裸楽園	89
はらいそ	89
原口統三	221
はらわた	32
パリ	266
磔け	110
針の筵	170
パリは燃えているか	269
パリを焼く	269
行進(パレード)	22
パレード	118,121
腫れ物	170
ハロウィーン	14
ハロー	86
パロール	137,271
半夏生	257
飯能	212
ハンマースホイ	112,125
反乱	156
ピエロ	31
引潮	97
非源	115
ひこうき雲	78
肥後守	28
悲魂	180
ヒステリカ	121
ピストル	227,254
火だるま	65
柩	189,209,219
否定のパトス	237
他物	56
秘匿者	20
他人事	15
人はなぜ記号に従属するのか	283
ヒトラー	272
雛鶏	83
日の丸	190
悲鳴	104,158,160,250,333
百万年	138
病恩	260
秒針	39
病肺	174
顯門	224
ビルケナウ	310
ビルマ	244
卑劣	209
広島	193
広場	258
貧困	156,322
ファウスト	89
ファンファーレ	258
フーゴ・エスタコ	319
風船	61
風土	133
ブーバー(マルティン)	317
笛	52
フェリックス・ガタリ	283
場所(フォワイエ)	270
深緑野分	269
不具者	132,213
武士	231
不思議な街	291
豚	89,157
ふた組	121
豚を真珠	61
淵の辺	112
ぶどう棚	156
鮒	227
舟板	187
舟歌	228
侮蔑	56,141

奈落 112
褻瀆 115
縄 163,230
難行 71
汝 315

二月 247
肉塊 174
肉芽腫 115
肉儘 114
ニジンスキー 181
日曜詩人 156
日開町 161
ニッケル(アウグステ) 266
日本国民 61
日本人 219,231
乳児 42
尿 148
尿骨 180
庭土 213
鶏 82

濡れ縁 213
濡れ衣 106

ネオン 187

農作業 187
能事 23
脳髄 54,106,278
ノート 251
野晒し 24
野辺送り 223
野放図 168
呪い 48,282,336
呪う 57

は

ハーケン 57
バーナー 188
廃駅 104,136
廃園 119
廃墟 118,138
廃墟化 260
肺骨 180
廃市 69
胚種 130
廃線 94
廃船 192
刃面 23
破音 162
葉書 214
墓場 78
爆音 266
白秋 151
白道 12
爆発 152
漠霊 163
箱庭守り 177
バス 89
破船 111,186
バター 164
裸足 164,201
二十歳 220
二十歳のエチュード 220
八階 14,49,119
発育 129
白骨 71,88
白骨化 43
バッハ 241
発表会 168
はつれ 111
パトス 237
鼻毛 166
花火 231
花見 71
ハナミズキ 97
花群れ 282

沈黙自体　327
沈黙の国　220
沈黙の責任　327

通時性　218
月島　75
蔦・鬘　247
恙虫病　168
角　62
角隠し　98
妻　173,232,247
旋毛　85
吊忍　167
釣瓶　23
悪阻　167

定義　322,326
ディスクール　270
停泊　76
ティピカル　186
テープ　20,271
テキスト　285
出来損ない　10
既視感（デジャヴ）　94
立証（テスティモニー）　64
テスト　128
デスノス　192
デス・バイ・ハンギング　150
哲学　39,58,168,184,240
哲学的　257
鉄格子　308,316
鉄道標識　136
デモ隊　272
テレジン収容所　193
テレビゲーム　118
天形　24
天使　38
田畑　129
顛落　120

ドイツ敗戦　193
統合　12
統合的　128
動詞化　61
島嶼　292
玉蜀黍　83
灯油　38
童謡　177
東洋　230
東洋日本　238
動労　136
トーテム　121
蜥蜴切り　79
独裁　157,323
塒　106
髑髏　123,279
都市　193,331
土葬　137
土地　181
突堤　119
泥溝沙汰　154
土間　84
弔酒　191
ドラム缶　234
トランポリン　60
トルエンカット　210
土流人　43
トレンツ・リャド　208
泥海　50
泥壁　142

な

内延　223
長崎　193
夏越の祓　274
灘海　125
並木桜　312
無頭索　168

千辛万苦　167
戦争　168,241
蠕動　48,134
戦歿　64
殲滅　61
全盲　246

相場師　48
憎賦　180
僧侶　147,294
そうかね　261
測鉛　119
ソシュール　61
即興詩　179
夜(ソドム)　331
そのわけ　245
祖父　119
蒼穹　66
ソ連兵　266
存物　71

た

体液　141
大虐殺　68
大空間　162
大衆　48,64,82
大戦　68
台所　55,196
大都市　140
頽廃　120
大砲　68
炬火　121
対立　129
対立軸　128
退路　133,184
高瀬舟　83
タクシー　210,289
惰骨、換骨、奪胎　102
多臓器　115
三和土　84
畳み地　112
畳み針　186
太刀風　224
譬え話　85
煙草　78,151,245
荼毘　167
卵　213
卵の神　83
多摩動物公園　227
ダミア　49
民草　92
ため息　50,75
樽桶　197
誰と　198
断言　22
男根　164
胆臓　314
団地　119,165
田んぼ　75
ダンボール　140

チェーホフ　71
地下水　136
地下道　70
地球言語　218
父　35,115,142,226,274
血糊　43,96
チベット　237
茶室　164
中世　60,320
チューブ管　126
昼夜転倒　174
嘲笑　141
徴兵　235
直限性　22
直線期限　22
ちりぢり　173
鎮守　72

火山灰（シラス） 150
シラス台地 71
白砂 150
尻 162,294
尻の穴 86
ジロー 27
二郎 213
白旗 178
皺寄せる 61
人格 129
審級 94,206
真空 39,250
真空領域 327
新興宗教 207
人骨 282
人身事故 93
人生ゲーム 118
人造湖 93
寝台 310
陣痛 235
シンデレラ 157
シンフォニー 271
振幅 66
申命記 15
人面 96
人面皮 96
深夜の酒宴 211

水銀色 154
水彩画 94
膵臓 218
水中 44
垂直 64
水田 97
水平 43,97
頭蓋 71,175,190,201
スクラム 223
スクリーン 335
芒 40
鈴生り 121
錫箔 137
スターリン 185
ストーリー 270
ストランゲーゼ30番地 125
砂 258
砂嵐 262
砂の王 278
砂の国 278
砂町 210
スピーカー 123,224
スプレー 69
スプロール 222
滑り地 114
スラヴ 266

西欧 61
青海波 23
清拭 138
精神 39,206,270
精神の肉体 220
静謐 125
聖母 164
是卯する 186
世界征服 61
咳 43,50
石床 201
褻瀆 116
雪期 38
絶線 186
切断 22,187
責付く 115
刹那 224
背骨 35,201
蝉 147
セロニアス・モンク 18
善悪 267
戦艦 330
戦後 36
戦場 64,126
全焼 23

サラダ	179
サルガッソー海	118
サルコイドーシス	115
百日紅	106
猿の脳の刺身	103
されこうべ	192
山村	102
散村	322
椎名麟三	211
塩の国	30
塩の水	138
塩水	96
死音	69
慈音	96
屍骸	50,122,125
死骸	106
死角	54
自画像	262
死原	238
始源	240
死国	83
地獄	40,65,71,110,147,150,186,201,242,295,319,334
死骨	178
自殺	38,83,335
死産児	270
自死	70,319,335
詩人	156,266
修道女（シスター）	58
思想	58,118,134,136,186,240,284,290,315,319
舌	22,74,160,200,222
死胎児	181
舌先	168
羊歯	146
羊歯葉	137
質屋	169
失業	76
実験室	188
執行	10
実在	155,335
失明	66
自動人形	206
支那人	115
品物	96
死日	103
シニフィアン	207
死の島	208
尿瓶	86,191,200,241
捨音	57
邪心	188
射精	270
シャツ	231
蛇腹	162
しゃれこうべ	26
十五番	330
宗旨	92
十四の歳	327
重態	189
絨毯爆撃	251
執念	24,174
収容	310
十四歳	103
重力	192,327
朱夏	151
宿痾	274
夙川	324
入水	187
シュプレヒコール	48
呪文	156
照準器	291
消息	258
浄土	150
衝迫的	129
小便	20,219
女王	157
処刑人	56
女生徒	115
殖器	146

原子力空母 76
原子炉 154
原牢 177

語彙 62,242
業 71
劫 71
豪雨 152
公園 163
轟音 78,177,192
視告朔 188
絞首刑 126
構造 128,182,270
構造化 61
腔毛 180
肛門 135
紅葉 97
甲羅 84
五億と四年目 334
凍つた波 228
コーナー 224
コーラン 85
凍る雨 247
故郷 32,86
告解室 201
極寒 18,178,250
獄中 118
国労 136
木下闇 260,275
コスモス 164
小僧 58
国家 245,291
国家装置 326
骨前 332
骨壺 247
ことり 245
小鳥 244
こぬか雨 94
護摩 147
コミュニスム 187
木漏れ陽 39
ゴルドーン 179
殺し身 148
壊れ物 57
ゴング 224
コンクリート 234
魂拭 111
星図(コンステレーション) 118
魂魄 56

さ

催告書 227
サイパン 292
裁判所 227
災厄 11,38
サイレーン 88
サイレン 65
サイン 285
自著(サイン) 285
坂上 114
前世 94
砂丘 107,185
搾取 295
錯乱 62
酒 78,151,334
酒臭い 230
叫ぶ靴 212
笹の葉 124
座敷 111,301
刺曳き 114
サッカーボール 201
殺虫剤 69
療養所(サナトリウム) 197
砂漠 85
寂びついて 116
サボテン 294
侍 244,279
さよなら 247,261

虐殺 185,288
虐待 55
救急車 88
枢刻 191
給与 295
仰角 135
叫喚 215
狂気 24,65,86,156,187,257,270,301,305
教義 61
狂犬 172
行商人 16
兄弟 83,209
経文 85
恐竜 56
狂林 168
ギヨーム 330
ギヨーム・アポリネール 331
玉砕 291
虚体 102
許諾 128
魚肉 137
漁労長 38
キリスト 171
儀礼 61
断首刑(ギロチン) 158
銀 40
銀色 137,319
銀貨 136,282

空間 207
空中 43,120
空中ブランコ 122
偶転 121
空爆 266
空母 76
空砲 135
寓話 82
苦海 257
草の花 170,175
薬玉 213
苦体 111
躯体的 22
嘴 83
靴 212
靴音 133,138
愚脳 137
首垢 126
首吊り 58
苦明 20
暗い日曜日 49
水母まがい 167
グリュネバルト 295
胡桃 94
黒き兵 279
語彙集(グロッサリイ) 242
グロテスク 301
黒旗 272
軍刀 168

警笛 104
鯨波 116
刑務所 210
痙攣 134
ケーキ 158
穢れた 143
下駄箱 283
月光 68
結紮バンド 235
血統 60
毛唐 162
食箱 124
下法 184
検閲 128
限界 218,278
限界年齢 129
限界反応 129
建軍の戒 168
原形質 85
言語 218,262,270,322
原思想 219

音 23
架刑樹 55
下弦の月 219
加古隆 269
傘 76,213,318
傘先 74
かざぐるま 148
火山灰 175
カシタンカ 70
貨車 136,296
火車 65
春日井さん 201
カスチリアーノの第一定理 41
河川敷 213
火葬の丘 275
火葬場 210
ガソリン 65,152
型押し 61
カタストロフィ 179
かたち 247
刀 244
ガタリ(フェリックス) 283
片輪 10,120
不具の王 279
喝采 268,288
門口 124
鐘を撞くな 106
正典(カノン) 156
下部構造 326
兜町 48
貨幣 168
鎌鼬 86
鎌と槌 191
神々 245
裃 42
カミュ 258
神代 219
神夜 35
ガム 206
貨物列車 226
空井戸 241
唐傘 16
ガラスの雨 319
ガラスの靴 158
ガラス窓 55
樺太 179
刈柴 226
カレーライスのしみ 231
厠 86
岩塩 179
棺桶 137
眼球 137
函切り 180
監獄 107,330
癇癪 136
還相 102
缶詰 180,250
カンデラ 186
カンブリア紀 209
カンボジア 151
陥没 71
観覧車 119

キーボード 301
黄色い雨 221
消えたい 300
飢餓 187,320
機械 205,315
機関車 38
帰郷 133
記号 128,219,282
記号化 270
義歯 283
北大西洋 118
狐 40,319
汽笛 38,104
祈祷 179
木箱 247,294
儀目 40
肝晒し 282

牛の辺	86
丑三つ	28
噓	54,189,208
噓つき	154
詩	335
転た寝	241
宇宙船	43
うつけ者	177
写し絵	218
海鳴り	39
海のことば	216
海港	283
うらとう	219
裏街	78
漆桶	191
運河	164
運転手	210

絵	208,240,246
エアコン	152
嬰児	137
映像の世紀	269
エイブラハム	34
英霊たち	71
絵描き	261
絵描く	125
駅前広場	165
エクリチュール	284
エス	207
嘔吐いた	57
エスタコ（フーゴ）	319
エステル	278
エピソード	214
怨嗟	133
怨嗟韻	219

王国	30
応召	235
嘔吐	180
嗚咽	134,332
悪寒	258
燠	237
唖	232
小田急線	232
落人	185
お伽噺	118
踊り子	30
おばさん	207
オブジェ	285
汚物	184
お土産	40
錘り	160
オルガン	201
音楽会	164
恩寵	237

か

カーテン	76
ガードレール	75
貝	185,278
飼い犬	169
外延	31,116,223
飼亀	84
貝殻	133
邂逅	274
骸骨	316
介錯	301
介錯人	135
回虫	235
海田	200
貝柱	183
解剖	115
街路樹	98
蝦	120
カオス	82
鏡	42,235,256
架空	179,231
革命	85,156,255,261,322

索引

あ

ヒ首	107,176
アウグステ・ニッケル	266
アウシュビッツ	295
緑鳩	305
青人草	114
赤錆び	136
赤ちゃん	111
亜金属	133
悪夢	50,215
阿含	36
朝日の音	226
アスファルト	48
畦川	227
あぜ道	141
化野	213
あと殻	180
アネクドート	209
阿呆	167
アポリネール(ギヨーム)	331
阿弥陀	133
雨だ	313
雨の軍隊	244
雨のような	324
アメリカハナミズキ	97
綾取り	234
アラベスク	31
在り処	71
アルコール	65,74
アルジイーター	235
荒寺	213
暗室	250
アンブレラ・レッスン	75
飯	196
家路	70
雷	68
異形	85,177,181
池	60
生け贄	14
遺骨	74
遺恨	133
イザナギ	256
イザナミ	256
いざり	111
石礫	62
石の竹	333
石の床	330
争点(イシュー)	58
イシュマエル	57
胃臓	162
遺体	103,137,172,190
1ガロン	183
一元論	136
一ポンド	255
一潤	305
一骨	151
一千キロ	70
イデオロギー	270
井戸	27,197,246
営む	111
井戸辺り	247
稲穂	97,176
忌部	256
色紙	171
囲炉裏	180
囲炉裏端	226
陰気	48
陰茎	90,121,163,183,254
因襲	128
陰唇	23
陰部	134
陰府	98
陰毛	89
ヴァニーニ(ルチリオ)	161
上野	71
ウォーターズ(マディ)	115
迂闊	103,184

山内 聖一郎（やまうち・せいいちろう）

1959年3月鹿児島県生まれ。県立鹿屋高等学校卒。詩人。

卒業式を待たず東京へ出奔。建築作業員、バーテンダー、店員、事務員など職を転々とする。現在はマンションの清掃作業員。

詩作歴は50年近いが、40代の時に精神疾患を患い、過去の作品を全て破棄。本詩集はその後の作品から抽出した。

その他《ほか》の廃墟《はいきょ》

2021年5月 1 日　初版印刷
2021年5月20日　初版発行

著　者　山内聖一郎

発行者　小山伸二
発行所　書肆梓
　編集　清水美穂子
　装幀　福井邦人
　〒186-0004 東京都国立市中3-6-21
　https://note.com/shoshiazusa

印刷製本　藤原印刷株式会社
　営業　藤原章次
　印刷　山田進・種山敏明・小澤信貴

ISBN 978-4-910260-01-3 C0092